通学模様

～君と僕の部屋～

通学模様　目次

モデル／上遠野太洸　広瀬アリス
撮影／堀内亮（Cabraw）　スタイリスト／近藤久美子
ヘアメイク／酒井真弓（上遠野さん）　宮本愛（広瀬さん）
衣装協力／ WOmB　GRL（グレイル）　スピンズ
撮影協力／鈴木絵都子

山《やま》本《もと》琥《こ》珀《はく》

この物語の主人公。
アイドルグループ「FEEL」の
リュウのことを好きになったことで
自分を変えようとする。

桜《さくら》井《い》　竜《りゅう》

FEELのメンバー“リュウ”。
人気読者モデルから
現在は大人気アイドルに。

花《はな》野《の》

琥珀の中学時代の友だち。
リュウとは幼なじみ。

登場人物紹介

七《なな》瀬《せ》　玲《れい》

リュウの幼なじみ。
琥珀と高校で同じクラス。

片《かた》山《やま》　翠《みどり》

琥珀の中学時代の友だち。
クラスで目立つ可愛い女子。

羽《は》柴《しば》　紘《こう》

琥珀の中学、高校の同級生。
飛び抜けた絵の才能を持っている。

■予想天気図■

青い空が好き。
風が吹いて、その匂いから季節を感じるのが好き。
いい香りのお茶が好き。
可愛いくて美味《おい》しいショートケーキが好き。
友達とお喋《しゃべ》りするのが大好き。
ふわふわゆらゆら。
そこにたゆたっていたいのに。
なにも、傷つけたりしてないし。不合理や不条理なこと、してないのに。
まったりするだけで、私は幸せなのに。

なのに、どうして。

お母さんは、私に無茶ばかり言うんだろう。

「コハクちゃんは、頭がいいから」
そんなことないよ。普通だよ。

「なんで95点なの？　あなたなら100点が取れたはずよ！」
でも、お母さん。
私、クラスで一番だったんだよ。
涙が出た。でも、お母さんは知らん顔。

「なにこの通知表！　どうしてオール５じゃないの？」

だって、テストの成績がよくても、先生の好みとかあるし。
私、あんまり好かれてないっぽい教科の先生がいるから。
もしかしたら、授業中にうっかりよそ見してたから、嫌われたのかもしれない。でも、私なりに頑張ったんだけどなあ……。
そんな、要領がいい方じゃないから。
先生達にいい顔なんて、難しくてできないよ。
友達は、先生と仲良くしてればいいんだよって言うけど。
先生と積極的にお話なんかできないよ。

「お兄ちゃんはオール５だったのに」
それ言っちゃうんだ。
一番言ってはいけない、テンプレ文章を。
まさか、自分の親から聞くとは思わなかった。
お兄ちゃんは、本当は意地悪な性格だけど、先生の覚えがいいんだよ。
委員長やったり、生徒会長やったり。
お兄ちゃんは、前に出ることが大好きだ。
私は、逆だ。
前になんか出たくないし、目立ちたくない。
人の上に立てる器じゃない。
私、あんな風にできないよ。

「お母さんは大学に行かなかったから、あなたはいい大学に行って、いいところに就職しなさい。それと、お父さんみたいな人とは絶対に結婚しないでね。医者や弁護士を見つけてお付き合いしなさい。いい学校に行ったら、いい男の子と出会いがあるから。同じレベルの子がいるから」
分かった。
分かった、分かった分かりました。
本、漫画、ネットでよく見る台詞《せりふ》だ。
やめてよ。逆に聞いてて恥ずかしい。

あのね。私、途中で気がついたの。
お母さんが、そうだから。私がさせられてるよう、バカみたいに勉強したことがないから、分からないんだって。
通知表が、先生の評価に繋《つな》がっているとか。
怒るだけで具体的な勉強のやり方を教えてくれないとか。
お兄ちゃんはできたのに、とか。
そりゃそうだよ。
だって、私とお兄ちゃんはお母さんの子供である前に。
別の人間だもん。

お母さんに、私の気持ちなんて分からない。
でも、私に対して一生懸命なのは分かる。
私が大好きなことも知ってる。
私に幸せになって欲しい一心なのも分かってる。
薄給《はっきゅう》な上、お酒ばっかり飲んで、女の人にだらしないお父さんで苦労したから、私にいい結婚をさせたいって言うのも分かる。
生まれてから、お腹《なか》にいる時から。
お母さんと一緒にいたから。

だから、余計に辛《つら》くて泣けてくる。

だって、私だって。
お母さんのこと、世界で一番大好きだから。
期待に応えてあげたいけど。
辛くて、辛くて。
どうしていいか分からないよ。

私さ。
ヘンにやればできてしまうから。
もうちょっと、頭が悪く生まれてきたら。
幸せだったのかな？

期待されるのは嬉しいけど、苦しいよ。
相手のこと、なんとなく分かっちゃうから、辛いよ。

両親もいる。友達もいる。
それなりに恵まれている。
けど、地獄みたいに苦しいって思うのは。
単なる甘えなのかな？

「西校以外は高校じゃない。いいわね？　あそこは進学率がすごいのよ。授業内容も高校によって違うらしいのよね。北校なんかに行ったら、悲惨よ。いい大学に行きたかったら西校よ。ああ、私立はやめてね。うちにそんなお金ないから」

私は、今いる中学の友達と離れたくなかった。

東校がダメでも、北校に行きたかった。
西校なんて、友達の誰も受けない。
あと、私。
西校レベルの頭はないと思う。
私は、どこにでもいる普通の女の子なんだよ。
お母さんの子だから、特別ってワケじゃないの。
お母さんが世間的に特別じゃないように。
私から見たら、お母さんはこの世界に唯一無二の特別な存在だけど。そうじゃないじゃん。普通の人じゃん。

「コハクちゃんは、お母さんの子だから。特別な子だから。他の子とは違うんだから」
なんで？
なんの根拠があって、そんなこと言うの？

私は。
のんびりしたい。まったりしたい。
好きなこと考えて、ふわふわしていたい。

お母さんのこと、いっそ嫌いになれたら。

最近、そんなことばかり。
考えてしまうんだ。

山本琥珀《やまもとこはく》

アイドルって、憧《あこが》れてもどうしようもないものだと思ってた。
だって、有名人だし。
彼氏になってもらえる確率なんて、ないに等しい。
テレビをつけたら、日常にいないカッコイイ男の子をたくさん見つけることができる。
でも、現実には。
私の中学に、こんなイケメンはいないし。
いたとしても、好きになったとしても。
私が分かりやすい外見でその人を好きになったように。
なかなか知ることができない心を、いきなり好きになれないように。
カッコイイ、素敵って外見は。
好きになってしまう要素の明確なアイコンで。
簡単に好きになっちゃう子は、きっといっぱいいて。
ライバルだらけで、私なんて選んでもらえない。
だって、みんな。
綺麗なもの、可愛いもの、好きだし。
そんなの、女の子なら当たり前だから。
イケメンってだけで、無条件で好きになる女の子が大半じゃないのかな。よっぽどさ。タイプじゃない以外はね。
興味ないってフリをしても、やっぱりカッコイイひとに目がいくもん。

こんな、分かりきってる勝負。

誰がするの？
みんな、勝ちたいに決まってる。
負けたいひとなんかいないさ。
そんな闘争心がない人間は初めから参加しないんだよ。
私みたいに。

でも。
だからこそ、その心の隙《すき》をつかれたのかもしれない。

「ねー。見て見て！」
クラスメイトの花野《はなの》ちゃんが、ニコニコ顔で雑誌を片手に私の席へ走ってきた。
「花野ちゃん。どうしたの？」
「あのね。昨日ね。本屋さんに行ったらね。小学生の頃の同級生が雑誌に載ってたの！」
「え！　すごいね」
「うん！」
『Snob』という見慣れない男子向けのファッション誌を、花野ちゃんがおもむろに机に広げた。
同年代らしい、カッコイイ男の子がたくさん載っているその雑誌は、ファッションにうとい私にとって若干抵抗感があった。

「どの子？」
かと言って、嫌がるほどでもないし。
どちらかと言うと、私と同じ地味系のグループにいる花野ちゃんが、珍しく華やかな話題を持ってきたので逆に興味がわいた。

「このね。桜井竜《さくらいりゅう》って子！」
「え⁉　カッコイイね！」
「そうなの！　昔はここまでじゃなかったんだけど、友達からリュウくんが載ってるって聞いて、本屋さんで雑誌探したら、すごいカッコよくなってて、思わず買っちゃった！」
「ふえー」
どこか誇らしげな花野ちゃんは、とても楽しそうだ。
だよねえ。
こんなカッコイイ男の子と知り合いって、私でも嬉しくなっちゃうもん。

「え。ってことは、花野ちゃんの校区内のひとなの？　うちの近所？」
「あー。ううん。私、五年生の時、団地から今の家に引っ越してきたから。一応、県内だけど、違う学区」
「そうなんだ。残念」
「ふふ。コハクでも気になるんだ？」
「なるよー。だって、こんなカッコイイひとあんまりいないじゃない」
「そうだね。うちの中学、可愛い女の子はけっこういるけど、男子は不作だよねえ」
「ね」
教室内を見回しても、これと言ってカッコイイ男子はいない。
視線を彷徨《さまよ》わせたら、ふわーっとした雰囲気が漂《ただよ》う美人さんグループに目がいって、慌《あわ》てて視線を外した。

クラスで上位の容姿が集まっている女の子グループは、みんなの憧れだ。
天パなのに、逆に癖っ毛が外国の女の子みたいに可愛い伊藤《いとう》さんや。
ストパーなんかあててないのに、つるつる綺麗な黒髪ロングの境《さかい》さん。
カラコンやメイクしてないはずなのに、雪みたいな真っ白い肌に。ピンク色のくちびるをした黒目がちの片山《かたやま》さん。

不公平とか、ずるいなあって思う前に。
あそこまで可愛いと、嫉妬《しっと》すら消えてしまう。
勝負になんか、ならないもの。
残るのは、羨望《せんぼう》。それだけ。

ちょうど真ん中の。
美人と地味グループの間、派手グループの女の子達が対抗心バチバチだったけど。
かないっこないのになあって。
傍観《ぼうかん》するのがなんだかけっこう好きだ。

だって。
派手グループの人達みたいに。
伊藤さんも境さんも片山さんも。
意地悪じゃないもん。すごく、みんな優しい。性格がいい。
漫画に出てくるような、美人は意地悪なんだって。
あれ、案外当てはまらないなあって。

見てて思う。

現実は。
可愛い子って、性格がいい子が大半で。
可愛くなりたい！　って頑張ってる子の方が余裕がない。
それも、分かるよ。
追いかける方が、必死だし。
悔《くや》しい気持ちになっちゃうよね。

私なんか、それ以前の問題で。
可愛くなる努力も放棄《ほうき》しているから。
そんなクラスメイトの成り行きを見守るのが、なんだか好きだった。

目前の受験のことで頭がいっぱいで。
オシャレなんか二の次だし。
雑貨屋で見かける、ピンク色のアクセやリップを素通りする感じ。
可愛いって思うけど。欲しくなっても。好きになっても。
今の私には、手が届かない。
環境も、余裕も、こころが勝手に可愛いものを諦《あきら》める。

「会いたいなあ」
「……え？」
雑誌の中のリュウという名前のイケメンは。
ペラペラのページの向こうにいる芸能人。

会えるわけがない。
って、そう言えば。誰が決めたんだろう。

「会いたいなあ。リュウくん。どうしてるかなあ」
「花野ちゃん。この人と、会える、の？」
「うん！　だって、友達だもん。一緒に泥団子作ったり、ザリガニ釣ったり！　会えるよー」
「でも、芸能人だよ……？」
「芸能人じゃないよ。リュウくんはまだ読モだよ？」
「そんなの、私から見れば芸能人と変わりないよ」
「うーん。でも、友達なんだもん」
とろけるような、優しい笑顔で。その上、整った容貌《ようぼう》で。
どうやってセットしたのか、女の私でも分からない素敵な髪型で。
手足の長い、高身長でスタイルがよく。
モノトーンのジーンズとダメージパーカーを、スタイリッシュに着こなしている。
そんな、日常に存在していないような人間と。
普通の女の子代表みたいな花野ちゃんが、簡単に会えるとか。

なんだか、この世界の取り決めが崩壊していく気分。

「なんかね。リュウくん、今度事務所に入るみたいだから、忙しくなるんだって！　そしたら、コハクの言う通り芸能人になっちゃうし、会えるのも今のうちだよーって、友達が言ってたから今度みんなで集まるんだ！」

「え……」
このキラキラな人と、会うの？
会える、の？
そんな簡単に？

「で、でも……」
「あー！　言ってる側からリュウくんからメール来たー！」
「⁉」
「今週末にカラオケかー！　いいんじゃないかなあ。あはは！」
嬉しそうに、ピンク色の携帯を手に取ってはしゃぐ花野ちゃん。
自慢とか、ひけらかしたりする子じゃない。
分かってる。
花野ちゃんは、昔の友達に会えることが。ただ嬉しいんだって。
その子が、有名になったことが誇らしいんだって。

けど、私は。
羨《うらや》ましいって思った。

あれが欲しいとか。
ああなりたいとか。
どうせ、無理なのに。
願ったら、疲れるだけだから。
なにも感じないようにしてたのに。
私は、勉強しないといけないから。
お母さんを哀しませない為に、西校に受からなきゃいけないから。

恋とか愛とか。
中学生や高校生で恋愛したって。
どうせ結婚まで結びつくなんて稀《まれ》だし。
だったら、やらない方がマシ。時間の無駄。
そうやって、自分に言い聞かせてきたのに。
恋になりそうだった、心に吹く小さな風を。
今まで無視してきたのに。

もうダメだ。これは、そよ風じゃない。
暴風だ。
私の心の中で、彼を見つけた衝撃が渦《うず》巻いている。

「私も、行きたい！」
「えっ！？」
「ごめん……。ダメ、かな？」
普段、自己主張しない私が。
強めの声を出したから、花野ちゃんがビックリしている。
でも、優しい彼女は。
にこーって、笑ってくれた。

「いいよ！　おいでよ！　私もね、久しぶりにみんなと会うから緊張してたんだ。コハクがいるなら、安心かも」
「ほ、ほんと？」
「うん。それに、リュウくん友達多いから、一人くらい紛れ込んでもみんな気にしないと思う」

その言葉に、なんだかガッカリしてしまう。
少人数だと思ったのに。
たくさん、いるんだ。
それは、そうだよね。
こんな素敵なひと、人気者に違いない。

でも、会える。
このページの中の人に、会えるんだ。
１ページの、三人組の男の子の一人。
左の桜井竜（15）と書かれた、このひとに。
性格も分からない。
声も知らない。
でも、好きになってしまった。
ごうごうと、嵐の前の海鳴りのよう。
心がざわめいている。
ときめきなんて生易しいものじゃない。
そんなものじゃ、私は目覚めなかった。

勉強なんか知らない。
私はこのひとのことが知りたい。
ずっと無理矢理、抑圧されていた。
心の奥底に眠らされてた本当の自分が、固く閉ざされた扉の向こうから、姿を現した。

中三の受験の真っただ中。
私は、夢のようで不確かな。

けれど、誰かに殴《なぐ》られたみたい。現実的な衝撃が心を貫いた。

そんな恋をした。

■桜井 竜■

明日は、祝日。
花野ちゃんと約束した。あのリュウに会える日だ。
あの後、私も本屋さんに行って『Snob』を手に入れた。
リュウが出ているページはたったの１ページ。
しかも、ページの五分の一の大きさだったけれど。
何人も写っている男の子の中で、リュウが一番星のよう。
キラキラ輝いていた。
花野ちゃんの友達だからって理由じゃない。
分かりやすいんだ。
だって、どの男子より魅力的なんだもん。
イケメンがたくさんいるから選べないように思うけど。違う。
逆に、選びやすい。
だって、圧倒的に持っている華《はな》が他より抜きん出ている。
何百人、何千人いたとしても。
リュウには敵《かな》わない。
そう確信できるくらい、彼は別格だった。
今は、小さくしか載っていないけど。
１ページ全部。
それだけじゃない。
きっといつか。リュウは雑誌の表紙を飾るくらい。
すごい存在になるだろう。
そんな予感がした。

でも、どうしよう。

さっきから、タンスの中をひっくり返しているけれど。
明日、着ていく服がない。
そう言えば、私。自分で服、買ったことないな。
いつもお母さんが買ってきた洋服をなんの疑問もなく着ている。
……違う。
反発心がなかったワケじゃない。
小さい頃は、こんなの嫌って抵抗したんだけど。
お母さんが私を押さえつけたんだ。
私は白色が好きなのに、黒い服が多いのは、汚したら大変だから。
ミニスカートが好きなのに、ロングスカートが多いのははしたないから。そんな理由で、ジーンズが多いのは丈夫だから。動きやすいから。
可愛い服は、変な人に目をつけられたりするから。
色んな理由で、私の服は地味で、ダサくて。
黒、紺、茶色しかない。
それでも、こんなのは嫌だ、もっと可愛いのがいいって言うと。

「誰のお金で生活できてると思ってるの！」

それ、言われちゃったら。
なんにも言えなくなっちゃう。
中学はバイト禁止だし。もし西校に入学できても、バイトする暇なんてなさそうだし。
両親にお金を出してもらっているうちは、従おうって思った。
大丈夫だよ。一生じゃないよ。

大学生になるまでの辛抱《しんぼう》だよ。
そう、言い聞かせて。心に嘘《うそ》をついてきた。
けれど、今は。すごく辛《つら》い。
あのリュウに、せっかく会えるのに。
私は、明日。この洋服の中、どれを選んだら可愛く見えるか見当がつかない。

結局、少しでも細く見えるように。
黒色のトレーナーと、濃い紺色のジーンズ。
鼠色《ねずみいろ》のパーカーを選んだ。
靴は、この前買ってもらったばかりの黒いスニーカー。
うん。ヘンじゃないよね？
モノトーンで纏《まと》めたし。
あの中でチョイスした割には、よくできたコーディネートだと思う。
それを、ハンガーにかけて。
いつの間にか真夜中の12時になっていたから。
窓から見えるほんのり私を照らす月明かりを、なんとなく名残《なごり》惜《お》しく感じながら、あえて勢い良くカーテンを閉めた。

□　□　□

待ち合わせの駅に、花野ちゃんと早めに到着した。
「うわあ。ここに来るの久しぶりだー！　思ったより変わってないなあ。懐かしいなあ」
ニコニコと嬉しそうに駅周辺を見渡す花野ちゃんの格好は、私と似たり寄ったりで、ホッとする。
緑色のパーカーに、白色のシャツ。黒のロングスカート。
いつも学校に履いてくるようなローファー。
それは、私も同じなんだけど。
悪いけど、ダサって思った。

私、考え過ぎだったのかもしれない。
そうだよね。
友達と会うのに、オシャレなんかわざわざしないよね。
よかった。
逆に、気合い入れた格好の方が浮いちゃったかも。
だって、私達。まだ中学生だし。
よく考えたら、そんなオシャレなんて考えなくていい年だったかも。
オシャレするなんて、雑誌とかテレビの中だけのことだよね。

「あ！　花野〜⁉」
「三佳《みか》ちゃん⁉」
「嘘〜！　やだ〜！　花野だー‼」
前にいた女の子の集団が、こちらへ駆け寄ってきた。
それに、一瞬固まる。

中学生なのに。
ふわふわに巻いた髪。
どうやって作ったのか分からない編み込み。
それを、可愛いシュシュで上手に結んであった。

中学生なのに。
爪にはネイルがしてあって。
ピンク色のキラキラが可愛くて。
どれも、綺麗に形が整えられてあった。
中学生なのに。
つけまつ毛なんかして、目蓋《まぶた》にはピンクゴールドのアイシャドウ。
つやつやの透明グロス。
ニキビひとつない綺麗な肌。

中学生なのに。
オシャレな洋服。
着たことない白いフリルのついたカットソーに、ふわふわのフューシャピンクの膝丈スカート。
細い足に、白くてちょっと透け感があるニーハイ。
ヒールの高い大人びたヌーディカラーのパンプス。
ネックレス、リング、ピアス。

中学生なのに中学生なのに。
それしか、頭に思い浮かばなかった。

そんな女子集団に囲まれ、怯《ひる》んでしまったけど。
なんとか自分を落ち着かせる。
大丈夫。
うちのクラスの美人グループの方が、全然可愛い。
きっと、片山さん達もオシャレしたらこんな感じだ。
いや。同じ服を着させたら、あっちの方が上だと思う。
私だって、可愛い洋服さえあれば、ここまでになれる。
臆《おく》することはない。
大丈夫、大丈夫。

「あれー？　花野の友達？」
「そうなの！　山本琥珀ちゃんって言うの。すごくいい子なんだよ」
「そうなんだ。よろしく」
「よ、よろしく……」
笑顔で気さくに話しかけてくる女子集団に、どうすればいいかよく分からなくて。
一応、笑ってみたけれど。
きっとぎこちない笑顔になっているに違いない。
だって、なんか。顔の筋肉が引き攣《つ》っているのが分かるもん。

「そっかー。コハクって言うんだ」
「はい……」
「なんか、頭良さそうだよね」
「あー！　分かるー!!」
「頭いいって雰囲気するー。うちらと違って」

「あはは。三佳ひどーい」
「だってウチら、あったま悪いじゃーん」
「本当のこと言うなし！　あははは!!」
ケラケラ笑っている女の子達。
頭悪いって。自虐《じぎゃく》的に笑いを取っているんだろうけど。
私には。
「頭が良さそう」って、そんな意味じゃなくて。
「ダサくて地味だね」に聞こえた気がした。

聞こえた気がしたんじゃなくて、本当は。
そう思っているに違いない。

急に、鏡が見たくなった。
せめて、髪の毛おろしてくればよかった。
黒いゴムでひとつ結びにした長い黒髪が、更にダサくなってるんじゃないかって不安になる。

女子の集団と花野ちゃんが昔話に夢中になっている間に、そっと輪から離れて手鏡で自分の姿を確認する。
無造作に解いた髪は、縛っていたゴムの跡がついていて、ヘンにうねっていた。
でも、さっきよりはマシに思えたので少しだけホッとする。
何度も何度も、どうにかならないかって髪を手櫛《てぐし》で撫《な》でつけてみたけれど、変わらないものは変わらない。
無駄な足掻《あが》きだって分かっているけれど、なんとかしたい気持ちが先行して、焦ってしまう。

ちらっと、振り返ってみんないるか確認したけれど。
私なんか地味な存在。
誰も気にしてなんかいなくって。
好都合なんだけど。
けど、なんだか淋《さび》しい気がした。

私は、ここにいるのにな。

って、突然叫び出したくなった。
けど、喉の奥にその熱い熱い感情をそっと仕舞う。
みんなと同じなのに。
なにがダメなんだろう。
私、なにがいけないのかな？

これでいいから、なにもしないんじゃない。
よくないから、嫌って気持ちが滲《にじ》み出してくるんだ。
私、やだ。
花野ちゃんは、このままでいいのかもしれないけど。
私、やっぱり。地味な私なんてやだよ。

無視していた感情が、はっきりと私の中で暴れ出すのを感じた時。駅前にいた集団の声が、一際大きくなった。

「あ！　リュウー！」
「ちょっと、おっそいよ！」

「ごめんごめん……って、時間ぴったりじゃない！　なんで俺怒られるの？」
「そんなキャラだから」
「あははは！」
来た……！
女の子の集団に取り囲まれてる男の子数人が、ここからでも見えた。
一番背の高い男子から、目が離せない。
間違いない。
あれが、桜井、竜くん……。

背が高いお陰で、離れていても表情が見える。
ニコニコで、キラキラな。
柔かくて優しい笑顔。
いいな。あんな笑顔で話しかけられたら、私、どうなっちゃうんだろう。
いいなあ。あそこにいる子達、みんな。
あの笑顔で、お喋《しゃべ》りしてもらってるんだ。
私も、近くに行ってみたい。

私も、あの笑顔を向けられたい。

まるで引力のよう。
引き寄せられるみたいに、ふらふらとリュウに向かって一歩を踏み出した時。
私の足が、歩みを進めるのをやめた。

「レイちゃん！」
「おお。七瀬《ななせ》、久しぶりー！」
「みんな、元気だった？」
「元気元気！」
「七瀬は？」
「相変わらずだよー。リュウがうざくて死んでる」
「あはははは一。相変わらず一緒につるんでるんだねえ」
「いやいや。ただのご近所なんで」
「ははは。レイとリュウってワンセットってイメージあるわー」
「やめてよ！　ただでさえクラスも一緒で迷惑してるのに！」
「レイちゃん！　ひどい！」
「ちょ、リュウ……ネタにマジ泣きすんなよ……」

少しずつ、近づいていた距離が。
また遠くなった。
足が、勝手に後退《あとずさ》る。

輪の中心が乱れた隙間《すきま》。
そこに、クラスの片山さん達すら、敵《かな》わないくらい。
綺麗、可愛い、美人な。
完璧《かんぺき》な女の子が、リュウの隣。
親しげに。寄り添っているのが見えた。

うねった私の癖のある髪と違う。

真っ直ぐなサラサラの黒髪は、腰まであって。
たいしてオシャレしてないのに、その子は。
Tシャツとペンシルスカートとスニーカーだけの、私と変わらない地味な服装なのに。
すごくオシャレに見えた。
切り揃えられた前髪から、黒曜石《こくようせき》みたい。
意思がはっきりしている、宝石のような大きな瞳が印象的なその子は。
笑うと、綺麗すぎてきつい印象がまるくなって。
そのギャップがものすごく可愛らしく見えた。
「レイちゃーん！」
「うざ」
ばしっと。
気軽にリュウの背中をはたく、ナナセレイと呼ばれている美少女を。
これ以上見ていられなくて。

私は、無様《ぶざま》にそこから逃げ出した。

■ここにいるのに■

急に帰った私を引き止める人なんて誰もいない。
帰宅途中の電車に揺られながら、花野ちゃんに「ごめんね。体調悪くなったから帰るね」ってメールしたら。
よっぽど、楽しかったんだろう。
私のメールの返事なんかどうだっていいくらい。
リュウ達みんなとカラオケに夢中だったみたく。

『そうだったんだ！お大事にね(>ω<)』

真夜中過ぎになって、やっと届いた花野ちゃんからの短いメールを。
銀色の三日月が光る、曖昧《あいまい》な黒い空を自室の窓からぼんやり見上げながら。
無感動で無機質な気持ちで。私の人差し指が機械的にメールをなぞって消去した。

庭付き一戸建ての我が家。
今日の夜空は少しピンクがかっている。
なにかの怪物みたいに聳《そび》え立つマンションのシルエットに、ふと飲み込まれそうな恐怖感に襲われる。
生まれてからずっと住んでいる。ここが私の地元なのに。
夜になると、なんだか怖い。知らない町のよう。様変わりする。
年々聳え立つ高いビルや新興住宅のせいで、知らない都市のように見える時がある。

角のタバコ屋さんも、あの通りの電気屋さんも。大好きだった炭酸水が売ってた缶の販売機も。
気がついたら、もうどこにもなくて。
もしかしたら、私の空想だったの？
って、疑いたくなるほど。
誰も気にも留めてなくて。
私にとったら、どれも全部大事な日常の風景の欠かせないものだったから。
失って初めて、気がつくのだけど。
もう遅いんだって分かった時、大事なものへと変化した。
取り返しがつかなくなって、大切だったと知るなんて。
こんなことの繰り返しが、私を大人にさせていくのだろう。
かけがえのない、もう戻らない。
でも、みんなにとってはそうでもない。そんな存在。

私だけ時々思い出してるのかなあって思うと。
なんだか泣けてくるんだ。

「可愛くなりたい……」
ぽつりと。
溜め息みたいに出た言葉は。
行き場がなくて、この部屋に留まる。
だから、私に跳ね返ってきて。
可愛くない私には、それがとても痛くて。
ボロボロ泣いてしまった。

「可愛くなりたいよぉ……」

誰かに聞かれたら、バカにして笑われるくらい。
くだらない願い。だけど。
私にとったら、切実な。叶えたい願いで。
泣くほど辛《つら》くて。
途切れ途切れに漏《も》れる嗚咽《おえつ》が、なに泣いてんだって。
自分でも、悔《くや》しかった。

あの七瀬って子にも、片山さん達にも。
私の辛さなんて、分からない。
忘れてしまった風景が、大切な思い出が。
私以外の人間にとってどうでもいいように。
私の願いなんて、スイーツが頭悪いこと言ってるなあくらいにしか思われないに違いない。
可愛くなりたいなんて、可哀想。
誰かに話したら、そんな目で見られるのが想像ついてしまう。

けど。けど。
あの人達が私のことを分からないのと同じくらい、私だってそっちのことなんか分からないし。
今までみたいに。後悔したくない。

きっとこれからも、私は大事なものを失い続けるだろう。
でも、もう嫌だ。

欲しいものは、欲しいし。
好きなものは、好きだし。
自分に嘘《うそ》をつくのは、辛すぎて。

「可愛くなりたい」

リュウが好き。
七瀬みたいになりたい。
こんな地味な自分はもう嫌。
それが集約された想い全部が、この言葉に籠《こ》められている。

泣いて、泣いて、泣いて。
疲れて、眠くなるまで。
可愛くない自分を責めまくった。

これが、お母さんの言いなりになった結果だ。
めんどくさいって、抵抗しなかったからだ。
頭を使っていれば、切り抜けられたかもしれない。
お母さんの行動パターンとか性格とか、考えて立ち回ったら。
はい。って。
言うことを全部聞くだけなんて、機械と同じだ。

お兄ちゃんのことを考える。
要領がいいお兄ちゃんは、お母さんの扱いが上手だ。
だから、結果的に好きなものを手に入れている。
自分の希望の大学に、学部に。

結果、入学して。
あんなに反対していたお母さんを、うまいこと丸め込んで。東京で一人暮らしをしている。

私は。そういうのがかったるくて。
なんでも親の言う通りにしてきた。

でも、もうやめる。

反抗するんじゃないよ。
暴れるのはいつだってできるから。
それは、最終手段だ。
家族が嫌いなワケじゃないし。
お母さんのこと、好きだし。
基本、困らせたくない。泣かせたくない。

好き、だから。
今までずっと、「はい」って。
言うことを全部聞いてきた。
でも、今日からは。もっと、頭を使って。
私の本心を、やりたいことを。
伝えていかなくちゃならない。
じゃなきゃ。

私が、私でいられなくなる。

部屋の隅にある、鏡台の前。
泣いている私の姿が映っている。
私、本当は。長い髪なんて、大嫌い。
これは、お母さんの趣味だ。
長い髪の女の子が好きだから。
似合う似合わないの問題じゃない。
私の丸顔には、ロングよりショートボブの方が似合う。
切るまでもない。自分のことだから、分かる。

まずは、そこから始めよう。

明日、起きたら。
お母さんに、髪を切りたいってことを告げよう。
美容院に行けたらそれでいい。
過程はこの際、なんだっていい。

こういうのはどうだろう。
受験勉強の時に鬱陶《うっとう》しいから切りたいって提案するのは。
髪の毛が短い方が、洗うのも楽だし。
その分の時間短縮で勉強に専念したい、とか。
お母さん好みの理由だったら、許してくれる気がする。
他にも、考えたらいくつか出てきそうだ。

なんだ。私、思考を停止してただけなんじゃないか。

ずっと止まらなかった涙が、ようやく引っ込む。

パジャマの袖で涙を拭《ぬぐ》った私の顔は。
あんなに泣いたのに。
意外にも、鏡の中に映っているのは。

泣き顔ではなく、笑顔だった。

□　□　□

「えー！　コハクちゃんどうしたの？　その髪型⁉」
月曜日。
登校と同時に、おはようの挨拶《あいさつ》に来た花野ちゃんに驚かれた。
それはそうだろう。
小学生からずっと伸ばしていた髪を切ったのだから。

「お、おかしいかな？」
「そんなことないよ！　すっごく似合ってるよ！　可愛いっ！」
「えへへ。ありがとう」
昨日、お母さんに髪を切りたいと頼んでみた。
普段だったら、「ダメ！」の一点張りのはずなのに、成績のため、受験のためだって。必死にお願いしたら。
仕方ないわねえって、オッケーしてくれた。

それで、掴《つか》んだ。
お母さんとの付き合い方を。
ちゃんと向き合ったり、相手のことを考えて話したり。
時には、交渉したり。
とにかく、納得させて結果を得ること。
親だからって、真っ正直に話しても通じないことだってある。
それが、なんだか淋《さび》しかったけど。
いつか分かってもらえるって、信じたい。

だって。
髪の毛を切った私を見て。
お母さんが。

「あら。似合うじゃない。可愛いわよ、コハク」
って、笑ってくれたから。
お母さんは、ただ本当に。
私に幸せになってもらいたい一心なだけで。
きっと、髪の毛のことも。
ロングが私には一番あっていて。可愛いんだって、思い込んでただけなんだろうなあって。分かるから。
その笑顔に、ちょっとだけ罪悪感を覚えた。

大丈夫。
受験、頑張るから。
だから、嘘は言ってない。
今より成績、上げてみせるよ。

「いいなあ。その、くるんってなってるの可愛いよね！」
「うん。私、癖っ毛だから、切ったらこうなっちゃった」
「伊藤さんも癖っ毛なのに、可愛いもんね。ストレートが一番可愛いかもって思ってたけど、二人見てたらふわふわな毛質が羨《うらや》ましくなってきちゃった」
花野ちゃんが、なんの疑いもなく。私の髪型を褒《ほ》めてくれる。
ごめん。これ、嘘なの。
毛先、コテで巻いて。無香料のガチガチにならないスプレーで固定してあるんだ。
美容師さんに、いっぱいアドバイスしてもらって。
貯めていたお小遣いで安いコテをゲットして。
昨日、密かに自分の部屋で何度も何度も髪の毛を巻く練習をした。
利き腕が右だから、左の髪の毛は上手にできたんだけど。
右になるとそうはいかなくて。内巻きにしたいのになぜか外ハネになっちゃって苦戦した。
朝も、いつもより一時間早く起きて、髪の毛のセットに費やした。

「あれ？　コハク？　えっ。髪切ったんだ。可愛いー！」
「どうしたの？　失恋でもしたの？　って、ベタ？　でも可愛くなったねえ。そっちの方がいいよ」
「コハク？　嘘！　可愛いっ。いいじゃんっ」
苦労のかいあって、色んなひとから可愛いって言われて。
たとえ、それがお世辞であったとしても。

私、間違ってなかったんだって。
自信が持てた。

なにより。

「山本さん？　へえ。髪の毛切ったんだ。可愛いね」

密かに憧《あこが》れてた、片山さんから声をかけられた時は。
飛び上がるくらい嬉しかった。

小さな顔、カラコンしてないのに黒目がちな瞳。
睫毛《まつげ》がバサバサだから、アイライナーを描いてるみたいに見える。
唇だって、ぷっくりしてて。
ピンク色に見えるのは、唇の皮膚《ひふ》が薄いせいなのかな？
前に生活指導の女の先生に目をつけられて。
メイクしてないです！　って、片山さんがはっきり言ってるのに。
「えー？　ほんとかなぁ？」
って、ゴシゴシゴシゴシ。
ティッシュで片山さんの顔が思い切り力を入れて拭《ふ》かれているのを見た時は可哀想だと思った。
その先生は、二十代？　くらいで、お化粧バッチリ。
西田先生、可愛いよねって。密かに言われてたのに、それ以来、クラスのみんなから嫌われるようになった。
あんな人だったなんて、ガッカリだ。

「片山さん、大丈夫？」
「翠《みどり》、可哀想。目、真っ赤になってるよ？　西田最悪！　あれ絶対ミドリが可愛いからワザとやったんだよ」
「化粧BBAウゼエー！」
「ん……」
涙目になっていた片山さんの顔は、散々擦《こす》られたせいで真っ赤になっていた。
もちろん、先生が持っていたティッシュは真っ白。
メイクの痕跡《こんせき》なんかどこにもなかった。

その事件以来。
片山さんとは会話する程度だけど。
彼女に好感を持っていた。
だって、片山さんは。
文句言うみんなとは同調せずに、「大丈夫だよ」って笑顔で対応するだけだった。
普通なら、一緒に西田先生の悪口を言いそうなものなんだけど。
西田先生って、厄介な噂《うわさ》があって。
教頭の娘らしく。
みんなで職員室行って抗議しようって話も出たんだけど、片山さんはやんわりとそれを流してしまった。
そんなコネの先生に文句なんて、通用するはずないし。
言ったとこで、私達が返り討ちにあうだけだ。
そう判断したんだろう。

「あの！　片山さん！」
「ん？」
にこっと、笑いかけてくれた片山さんに。思い切って言ってみた。
「その……私と、友達になって！」
髪型を褒められて気を良くした私は、自分でも大胆な行動に出たと思う。
好きな子に、好きと伝えるのは。
勇気がいることで。
それにはもちろん、YESかNOがあって。
もし、NOと言われたら、きっとすごく落ち込んでしまう未来が待っているから。
女の子に対してでさえ、こんなに勇気がいるのに。
これが、男の子へのガチの告白だったら。
何倍の勇気がいるのだろうか。

「え？」
困惑顔の片山さんに、すうっと全身から血の気がひいた。
しまった。やらかした。
調子乗ってた。
これは、NOの方だ。
NOの代償を受け入れるべく、傷つくのと自己否定と後悔、嫌悪感が押し寄せてくるのを身構えていたら。
片山さんが、本当に。
ビックリしたみたい。

「私達、友達なのに何を言ってるの？」

そう、きょとん顔でこう言った。

「え……」
「やだ。もしかして、私のこと友達って思ってなかったの？」
「…………」
「傷つくなあ。こないだも体育で同じチームだったじゃん」
「で、でも。あれは授業で……」
「バス旅行の時も、同じ班で回ったよね？　あれ、山本さんと一緒で楽しかったよ」
「けど、私。片山さんの友達って言えないよ。可愛くないもん」
「は？」
大きな目を、ますます大きく見開いて。
片山さんは、大爆笑した。

「あーははははっ！　あははっはっ！　あー、お腹《なか》痛いっ！　山本さん、ウケル。てか、可愛すぎしょ‼」
「ええっ⁉　えっ？　なに？　えっ‼」
「あのさあ。どうしちゃったの？　らしくないね。可愛いとか可愛くないとか関係なくない？　てか、私可愛くないし！　はーうける！　涙出てきた」
「だって……片山さんは本当に可愛いもん」
「あははは！　ないない。私の家族のあだ名、すごいよ？　白ブタとか、おい、そこのブス！　って呼ばれてるよ」

「え！　ひどい!!」
「ひどいよねー。でもそんなもんじゃん？　どこの家も。境のとこもさあ。あいつの姉ちゃんが境のこと、すごいひどい呼び方でさあ。お化けワカメって呼ばれてて、ちょー爆笑したもん」
「えええええー!!」
意外だ。
可愛い子は、可愛い可愛いって。
家族に可愛がられてるものだと思っていた。

「え。すごくビックリ」
「いやまあ。ある程度自分がどんな外見してるかは把握《はあく》してるけど、そんな芸能人並にめっちゃ綺麗です！　とは思ってないよ？　そんなんマジで思ってたら怖いじゃん。すげーナルじゃん？　自分でも嫌だわ。そんな自分」
「なるほど……」
「そりゃ、ある程度、身綺麗にはしてるけどね」
片山さんは、よっこいしょって。
おばあちゃんみたいな掛け声で、空いていた私の前の席に座った。

「てか。一体どうしたの？　なんか今日ヘンだよ？」
「…………」
「余裕ないって言うか……。確かに、可愛くなったとは思うけど。前のふわふわしてた山本さんが、私は好きだったなあ。今は、なんて言うの？　なんかガツガツしてるよ」

「ガツガツ……」
私のこと、よく見てるなあってドキッとした。
そうだ。今の私は。
片山さん達みたいに。綺麗になりたい。
可愛くなりたくて。
どこかに答えがないか、ヒントはないかって。
値踏みするみたい。無意識に睨《にら》んでいたかもしれない。

「片山さ……」
「うん。それやめよう」
「え？」
「ミドリって呼んで。私も山本さんのこと、コハクって呼ぶから」
翡翠《ひすい》のようなキラキラした瞳。
その片目を瞑《つむ》って、ミドリがウインクした。
仕草も、可愛い。
この人は、全部可愛いで出来ている。

「じゃ、じゃあ。ミドリ……」
意を決して、下の名前で片山さんを呼ぼうとした瞬間。
タイミング悪く予鈴が鳴った。

「あん。予鈴なっちゃったあ。うーん。コハク、お昼休み一緒に食べない？」
「え？　いいの？」
「いいよいいよ。うちらテキトーに寄せ集まってお弁当食べてるだけだし。そっちさえ良かったら、こっち来てよ」
「う、うん」
「じゃあねえ〜」
思いがけないことだらけで。片山さんが自分の座席に戻るのを呆然と見送る。
友達って、思ってくれてた。
次のお昼休み、美人グループと一緒に食べる。
あの片山さんと下の名前で呼び合う関係になれた。

これって。
髪型のせい？
それとも、今までの私は。
世界はこんなものなんだって、自分で決めつけて。
見ないようにしていたから？
嫌で嫌で仕方なかった日常が、鉱石のプリズムのよう。
インクルージョンもあるのだけど、内包物すら魅力的に見えるほど。だからこそ、綺麗なんだって思えるくらい。
窓から射し込む朝日に照らされる教室が、なんだか新品のピカピカに見えた。

diopsis《ダイオプシス》

花野ちゃんのいるいつものグループに断りを入れて、お昼休み、まさかの美人グループの子達とご飯を一緒にした。

「あれ？　山本さんじゃん？　どうしたの？　一緒にご飯食べるの？」
「あー。ミドリが無理矢理連れてきたんだねー。可哀想に」
「よかったじゃん、ミドリ。あんた前からずっと山本さん可愛い可愛いはぁはぁ言ってたもんね」
「ううううるさい黙れ!!」
意外なことに。
境さんも伊藤さんも、あっさり私のことを受け入れてくれて。
みんな、各々に持参したお昼ご飯をもぐもぐ食べ始めた。

境さんは紙パックの牛乳と焼きそばパン。
伊藤さんは可愛らしいお弁当。
片山さんはコンビニおにぎりとペットボトルのお茶。
私は、いつも通りお母さんお手製の地味なお弁当。
煮物や揚物のせいで、茶色ばかりで彩りのあまりないお弁当だけど。せっかくお母さんが毎朝早起きして作ってくれたものだし、それに美味《おい》しいから私は大好きだった。
でもなんか。
このメンバーの前でお弁当箱の蓋《ふた》を開けるのは、なんだか恥ずかしかった。

「わっ！　唐揚げ!!?」
「うお！　山本さんの鳥唐美味しそう!!」
「よ、よかったら食べる？」
「「いいの!?」」
境さんと伊藤さんがお弁当の唐揚げに食いついてきてビックリした。

「うん。うちのお母さんの唐揚げ美味しいんだよ。ニンニクと生姜《しょうが》につけてあるから、食べた後臭くなっちゃうかもしれないけど。えっと、歯磨き必須って言うか……」
「ぜーんぜん！　気にしないで食べちゃう！」
「ちょっと、芹架《せりか》。それ公害……」
どうぞと差し出したお弁当。
その蓋に、みんなお返しだよって。色々載せてくれた。
パンダ型の可愛いおにぎりだったり、苺《いちご》だったり。チョコレートだったり。

こういう取り替えっこ、いつものグループでしたことなかったから。なんだか気後れすると言うか。照れ臭いと言うか。
友達と一緒にご飯食べることがあっても、シェアしたりしない。
自分の頼んだものだけを、ひたすら食べるから。
ちょっと、かなり。驚いた。
と、同時に。
楽しいって、思えた。

ぎゃあぎゃあゲラゲラって。

下品な感じじゃなくて。
木々がさざめく感じ。
可愛くて綺麗で。
ふふって、明るい声がする。

後ろでかしましく叫んでるうるさい派手グループと正反対。
小鳥の囀《さえず》りみたいだ。
それに、耳をすましている男子が数名散見された。
きっと、この中の誰かに。
みんな恋をしてるんだ。
もちろん、そこに私は含まれていない。
分かってるけど、なんだか。
少しだけ、劣等感に胸がチクリと痛んだ。

「ねー。昨日のドラマのラストひどくなかった？」
「やめろ。ひどすぎて、最終話まで見た時間無駄だったじゃんって思い出しムカつきしてたんだから。やめろ、やめてください」
「いや、でもないわー。犯人、実はあのメンバーにいませんでしたって展開はないわー。真面目に推理してた私バカみたいじゃん」
「あんた。どや顔で、犯人は主人公だ！　って言ってたよね」
「あ！　私もそのドラマ見てた。最後がっかりだったよねえ」
「山本さんも見てたの？　あんな深夜ドラマ見てるのうちらだけかと思ったよ」
外国の女の子みたいな外見をした伊藤さんが、私の肩をぽんと叩いた。
うわ。どうしよう。
普通、あんまり面識のない子にこんなことされたら、え？　って不審がっちゃうんだけど。
伊藤さんみたいな可愛い女の子にボディタッチされたら、こんな嬉しいんだ。
なんか、逆に触らせて悪いなって私が謝りそうになる。
けど、伊藤さんの気さくさがとても嬉しくて。
ふうっと、緊張の糸が解《ほぐ》れて楽になれた。

「ねえ。もうやめない？　名字で呼び合うの」
「あーうん。うちも堅っ苦しいの苦手だから、ずっと思ってた」
ミドリの提案で、みんな下の名前で呼ぶことが決まった。
仲良しじゃなかったけど。
みんなの下の名前は知っていた。
自己紹介されるまでもなく。

片山さんは、片山翠《みどり》。
境さんは、境芹架《せりか》。
伊藤さんは、伊藤沙耶《さや》。
まさか、お昼休みの数十分で。
このメンバーと下の名前で呼ぶ間柄になるとは思わなかった。
私、まだ。15年間しか生きたことないけど。
人生って、なにが起こるか分からないんだな。

「コハクって名前、すごく可愛いね。あれでしょ？　宝石の名前。お母さん、琥珀のネックレス持ってるよ」
ふわふわのショートカットの、サヤが笑顔で私の名前を褒《ほ》めてくれた。
「サヤちゃん、よく知ってるね！　そうなの。うちのお母さん、鉱石とか好きで、お兄ちゃんの名前も宝石の名前なの」
「すごーい。お母さん、凝《こ》ってるねえ。で、コハクのお兄ちゃんの名前、なんて言うの？」
「翡翠《ひすい》って言うの。誕生石から取ったんだって」
「えっ。もしかして、コハクのお兄ちゃんって五月生まれ？」
「そうだけど、詳しいね。ミドリ」
「だって、私の『翠』って名前も翡翠から取ったらしいもん」
「なるほど。確かに、ミドリの誕生日五月だもんね」
「嬉しいっ！　共通点～」
「ちなみに、コハクのお兄ちゃんカッコイイ？」
「うーん。どうかなあ。頭いいとは思うけど」
「ねえねえ。お兄ちゃん何歳？　なにしてる人？」
「19歳。K大の経済学部で大学生してる」
「「紹介して!!!」」
わあっと、三人に囲まれて。
ビックリして、笑ってしまった。

「コハク、やっと笑顔になったー」
そんな私を見て、ミドリも笑顔になっている。
「さっきから、ガチガチだったでしょ？」
「そ、そんなこと……」

「うちらごときに緊張なんかしないでよー！」
「そうだよ。あ。コハクさえよければ、またこっちでご飯食べにきなよー」
「あ、ありがとう……」
嬉しかった。
嬉しい感情って、ピンク色でふわふわなんだ。
カップケーキにピンク色のクリームでデコレーションされて。
更にその上にハート型の色とりどりのスプリンクルが散りばめられている。そんな感じ。
だとしたら、ミドリ、セリカ、サヤは。
私にとって、可愛いカラフルシュガーだ。

いいなあ。みんなみたいになりたいなあ。

全員の共通点は、とにかく可愛いこと。
具体的に言えば、華奢《きゃしゃ》で清潔感がある。
私は、どちらかと言えばぽっちゃりで。
みんなを見てたら、今日からダイエットしようと決意した。

「あ。もうこんな時間だー。私、部室行ってくる」
「バスケ部？　サヤ、あんたもう引退したんじゃないの？」
「うん。そうなんだけど、ちょっと次の部長の子が頼りなくて。後輩達の纏《まと》め方が分かんないって相談受けてるんだ」
「どーしてそんなめんどくさい子を次期部長にしたのさ」
「性格がいいから！　ほんと、いい子なんだよ。今は悩んでるけど、きっと慣れてきたら上に立てること覚えると思う」

「あー。分かるわー。部長って、上手《うま》い子がなるワケじゃないもんね。人望関係してる」
「あはは。それ、まんまセリカのことでしょ？　あんた、バスケ上手いのに部長に選ばれなかったもんね」
「うっさいなー！　悪かったわね。人望なくて」
「いやー。だって、サヤの方が面倒見いいし適任だったでしょ？　その代わり、セリカはぐいぐいチームを引っ張ってくタイプだから、副部長しっかりこなしてたじゃん」
「そうだよ。セリカが副部長になってくれたから、私も部長としてやってけたんだよ」
「うー……。ありがと。クッキー食べる？」
「なにそれ。やだ。セリカ、照れてる？」
「うるさいなあ!!」
意味不明な話。
三人のことは知らないから、ついていけない。
でも、聞いてて楽しい。
可愛い女の子達の話は、テレビのバラエティ番組のよう。
テレビの中の人達のこと、全然知らないのに。
ずっと聞いていたくなる感覚と同じだ。

「三人はバスケ部なんだねえ」
「そうだよ。コハクは何部？」
「私、知ってるよ。美術部でしょ？」
「ミドリ、知ってたの？」
「うん。だって、こないだ学年集会で羽柴《はしば》と表彰されてたじゃない。目立ってたよ」

「ええ。羽柴くんと同じにされたくないなあ。あっちは全国区の賞じゃない。私は、県内コンクールの賞だし……」
うちの美術部の部員。
羽柴紘《こう》は、美術部の中で特に目立つ存在で。
イケメンだけど、無口で。
飛び抜けた絵の才能を持っていて、学校でも有名人だった。
憧《あこが》れてる女の子も何人か知っている。

私は、そんな羽柴くんと仲が良かったから。
ああ見えて、けっこう彼、地味だから。
地味同士、なんだか通じるところがあったのかもしれない。
一年生の頃、入部当初から羽柴くんとは気が合った。

みんなカッコイイとは言うけれど。
私には、そうは思えなくて。
近くにいすぎだからかもしれないんだけど。
普通に仲のいい部活仲間で。

ただ、すごい絵を描くから尊敬はしてた。
羽柴くんの、ライバルになり得ないくらい。
圧倒的な才能が好きだった。
文科系って、優劣がつけにくいから。
ライバル視してくる人が多いんだけど。
羽柴くんの場合、その差が歴然すぎて。
もし、羽柴くんをライバル視する人がいたらそれは。
よっぽど自分に自信があって。自分のことをちゃんと正視することができない、身の程知らずだと思う。

それくらい、羽柴くんの才能は。
唯一無二のものだった。

「ミドリ。羽柴くんのこと好きだからねえ」
「ばっっ!!」
「ねえ。コハク。よかったらミドリに羽柴くん紹介してあげてよ」
「いいけど、ミドリ。羽柴くんのこと好きなの？」
「ち、違うよ!!!!」
と言いつつ、ミドリの顔はあからさまに真っ赤になっていて。
必死に否定してる姿が、なんだか微笑《ほほえ》ましかった。

ミドリが喜ぶんだったら、羽柴くんを紹介してあげたい。
私は運動部と違って、まだ部活引退してないから。
今日の部活で、羽柴くんに聞いてみよう。

楽しい昼休みは、そろそろおしまいで。
みんなに妬《ねた》まれない頻度で、またこの美人さんグループとお昼一緒させてもらおうって。
考えるだけで、ワクワクした。

■電気ソーダ■

「羽柴くん」
食パンと、ミントソーダ。
それを、自分のイーゼルの横に置いて。
隣の羽柴くんに話しかけた。
食パンは、消したりぼかしたりする為のデッサン用。
ソーダは、私の休憩時のお楽しみの飲み物。
けど、お腹《なか》がすいたら。食パン、食べちゃったりもするけどね。

「なに？」
木炭デッサンをしながら、素っ気ない返事をする羽柴くんだけど。ちゃんと私の話を聞いてくれているのを知っている。
理想的なビーナスラインの。石膏像みたいな羽柴くんの横顔は。
確かに、綺麗だ。
女の子達が騒ぐのも無理はない。

「恋愛って興味ある？」
しまった。直球すぎた？
私の質問に驚いたのか、軽やかに素描していた手をピタリと止め、私に向き直った。
二重の切れ長の瞳が、私を真っ直ぐに見つめる。
最初、この羽柴くんの眼差しが。
心の奥深く、なにもかもを見透かされているようで。
苦手だったことを思い出す。
でも、今は。

ちゃんと向き合ってくれてる証拠だって分かっているから、臆《おく》することなく私も羽柴くんを見つめ返す。

「それ、僕も思ってた」
「え？」
「山本さんは、恋愛に興味あるの？」
質問に質問で返されて、こっちが戸惑ってしまう。
まさか、そうくるとは。

「興味はあるけど、相手がいないの」
「なるほど」
ふむ。と、羽柴くんはかしこそうな仕草で頷《うなず》いて、傍らのジャスミンティーのペットボトルに口をつけた。
なにもかも絵になる男の子だと、思う。
けど、リュウへのときめきみたいなものは感じない。
不思議だ。
羽柴くんだって、相当なイケメンなのに。
うちの中学で唯一のイケメンと言っていいほどなのに。
この心臓は、高鳴ったりしない。
痛くなったりしない。

「で、羽柴くんは？」
つられて、私もミントソーダを一口飲んだ。
口の中で、電気みたい。
パチパチ炭酸が弾けて、少しだけ痛い。
そうそう、こんな感じだ。

炭酸と、恋と。電気は似ているのかもしれない。

「隣の女の子」
「隣？」
「今住んでる、アパートの隣の女の子。気になってる」
「へえ！　そうなんだ。どんな子？」
「綺麗な子」
「ふうん。って言うか、羽柴くん一戸建てに住んでなかった？」
「色々あって。今は、アパートにいる」
「そっか」
ここまではいいけど、ここからはダメ。
羽柴くんと私の間には。暗黙の了解。無言の線引きがある。
その境界を越えてしまったら、もう羽柴くんと仲良くできないんだなあって直感で分かるから。
これ以上は、話題には触れない。
けど、恋愛の話は続けていいみたいな雰囲気がするから。
あと少しだけ、突っ込んでみることにする。
そういうの、仲いいと空気で分かるじゃない？

「って言うかさ。山本さん、髪切ったよね？」
「へ？　あ。うん」
「可愛いと思うよ」
「ええっ⁉　あ、ありがとう……」
羽柴くんらしく、真顔で褒《ほ》めてくれる。
ああ、この人が褒めてくれるってことは。本当にそう思ったからだろうなあ。

かなり、嬉しい。
羽柴くん、人のことなかなか褒めないタイプだし。
それは、羽柴くんが真っ直ぐすぎて。
思ったことしか口にしない性格だからだ。
まるで、青い空のようなひとなのだ。羽柴くんは。

「好きな人ができたから？」
「⁉」
「いいと思うよ。なにか好きなものができたってことは、世界の色が増えるから。僕はすごくいいと思う」
そうだよって言ってないのに。
透明な青空のような、澄んだ瞳で言うから。
否定できなくなってしまった。

「でもね。芸能人なんだよ。それって、好きなひと……恋とはまた別なんじゃないかな」
「同じじゃない？」
「そ、そっかなあ」
「その人の子供ができたら、産める？」
「はい⁉」
なにを突然。
すごいことを言い出すなあ。
子供が欲しい、お母さんになりたいって。
想像したり考えたことはあるけど。
リュウとの間になんて、思ったこともない。

「産める……と思う」
ぽろっと。
出てきた言葉に、自分でもビックリしてしまう。
あはは。私、産めちゃうんだ。
子供ができる大変さとか、簡単にそんなこと口にしたらいけないんだってことは。
中学生の私にも、なんとなく分かるんだけど。
羽柴くんの質問に、濁《にご》して答えるのは。
なんだか失礼な気がして。
よくいる性的にからかう男子とは違う。
真面目な羽柴くんのことだから、この質問には。必ず意味があるんだ。

「うん。じゃあきっとそれは恋だよ」
「うー……。芸能人なんて手の届かない相手に、恋なんて恥ずかしいなあ」
「関係ないよ。同じ人間でしょ？」
「そっかなあ」
「むしろ、即答できた山本さんが、僕はカッコイイと思うよ」
「あはは……」
「僕の母さんは、即答できなかったから」
同じ声のトーンで。
同じ表情で。
同じ風景の中。

なんて哀しいことを、言うのだろう。

そして、なんて哀しい言葉を。
自分の子供に言わせているんだろう。
羽柴くんの母親は。

「えと……」
「だから僕は好きになった子と恋愛しようと思う。そして、僕を好きになってくれた子と結婚しようと思う」
「っ！　うん！　そうだね。それが一番いいよね」
「よかった。山本さんもそう思ってくれて」
「そりゃ思うよ。だって、素敵じゃない。私も、羽柴くんの言葉聞いたら、そんな結婚したくなっちゃったもん」
「ありがとう」
羽柴くんらしくなく。
ちょっとだけ、頬を染めて。また、木炭デッサンに戻る。
今描いているパヂアントの塑像が難しすぎて辟易《へきえき》していたけれど。
なんだか、レアな羽柴くんの表情が見れて、やる気になってしまった。

なんとなく、羽柴くんの恋愛観が掴《つか》めた気がする。
折りを見て、ミドリを紹介してあげよう。

『なにか好きなものができたってことは、世界の色が増えるから。僕はすごくいいと思う』

全く、その通りだ。
好きな人、好きな友達ができた朝は。昼は。夜は。
こんなにも綺麗だったんだと。
空を見る度に思うんだ。

窓から見える空に、白い真昼の月を見つける。
今夜も、月は輝くんだなって。

夜の月を見るのが待ち遠しくなる。

□　□　□

「いいなあ、コハクは」
次の日のお昼休み。
いつもの地味グループと、いつものようにお弁当を食べている。

「なにが？」
「片山さん達に、お昼誘われてさ」
「ああ」
本当は、今日もミドリにご飯一緒にしないかって誘われたけど。
正直に言って断った。
ミドリのこと大好きだけど、今までの人間関係も壊したくないし、また誘ってって。
ちゃんと全部。思ってることをハッキリ伝えたら。
ミドリは「あーあー！　なるほどっ‼」って。
「じゃあ。明後日一緒に食べようよ！」って。
笑って理解してくれた。そうして、またご飯を食べる約束を持ちかけてくれた。
やっぱり、ミドリは私が思っていた通りの。
美人で性格のいい『片山さん』で。
ミドリの人の良さに感謝する。
これが派手グループの子だったら、もう二度とお昼を誘われないか、永遠にシカトされ続けるだろう。

花野ちゃん達のお弁当を、昨日のミドリ達のお弁当と比べてしまう。なんか、量、多い？
昨日のみんなの方が、もっとオシャレに見えた気がする。
あと、なんだか。
ミドリ達から、いい匂いがした。
それから……。

「どうしたの？　コハク。ぼーっとしちゃって」
「……え？　ああ！　ううん。ごめんね。ちょっとね、ダイエットしようかなあって思って」
「ダイエット⁉　ダメダメ！　やめときなよ。コハクはぽっちゃりしたとこがマシュマロみたいで可愛いんだから！」
「…………」
嘘《うそ》だ。

これ、嘘。
花野ちゃんらしくない。焦りを感じた。

「それに、私達まだ思春期だし、ダイエットなんて体に悪いよ」
「そうだね。じゃあ運動しようかな。筋トレとか」
「えー。コハク、必死すぎ！」
なんでそんな、頑《かたくな》にダイエットをやめさせようとするの？
今まで見えなかったものが、見えてくる。
花野ちゃんから、初めて。
女同士の嫌な雰囲気を感じた。
いきなり、なんで？

それは、私が。
花野ちゃんの敵になったからだ。

地味だから、一緒にいた私達。
でも、でも。私は地味なんてもう嫌だ。
そのことに、もう気がついてしまった。

細い足になって。
パステルカラーのニーハイを履いて。
たとえ、安い服でも可愛く着こなしてしまう。
顔も、今はパンパンだけど。
リンパマッサージとかして。
すっきりしたフェイスラインで。

可愛いイヤーフックなんかつけちゃって。
ほら、その方が全然いい。
想像するだけで、そっちの私の方が、今の私より好きだ。

「そうかも。必死すぎたかも」
「だよだよ！　もう、コハクは今のままで充分可愛いよ」
嘘つき。
私、ダイエット今日から始めるから。
他者からの同意なんかいらない。
私は、私の好きなように。
自分の納得する方へ走ることにしたんだ。
その方が、楽だ。
もう誰の言うことも、自分が納得するまで聞かない。
アドバイスとしては耳を傾けるけれど、それが私のためになるかどうかは、私が自分で決める。

揉《も》めるのは嫌いだから、この場は頷《うなず》くけれど。
私の心までは自由にさせない。

きっかけは、花野ちゃんが紹介してくれたリュウだった。
そこは、感謝してるから。
ごめんね。
私は可愛くなりたいんだ。
だから、花野ちゃんの言う通りにはしないよ。

自分に素直に。正直に生きるのは、こんなにも楽しいんだなって。ずっと、知らなかったんだ。

羽柴くんの青空のような雰囲気。
彼も、自分に自由に生きているから。
あんなにも透明なのだろうか。

「ごちそうさまでした」
おかずは、全部残さず食べた。
けど、ご飯はいつもより少なめによそってきた。
なんとなく反対される予感はしてたから。
いつもみたいにお弁当箱ぎゅうぎゅうに、詰めるだけ詰め込むんじゃなくて。
ふんわりと盛って、見た目は同じようにした。

「ねえ。コハク」
「なに？」
「私も片山さんと仲良くなりたいー！　ね。紹介して」
なるほど。
花野ちゃん、こうやって今まで交友関係を広げてきたのか。
だから、地味なのに。
あんなにたくさん人脈があるんだ。
納得。

「分かったよ。ミドリに伝えておくね」
「よろしくー」
なんか、ムカついたけど。

拒否権があるのは、ミドリだし。
自分の大好きなお気に入りの友達を、そこまで大好きじゃない友達に紹介するのって。
こんなにイラってくるんだ。
なんだか、お腹《なか》が痛い。

「ねえ。花野ちゃん。こないだリュウくんと一緒にいた髪の長い、すごく綺麗な女の子、分かる？」
「あー！　もしかしてレイちゃんのこと？」
「そうかも。七瀬、とかレイって呼ばれてたかも」
だったら、そっちも紹介してよ。
ナナセレイを。

「あの子、可愛いよね。私、友達になりたいなあ」
「レイちゃんと？　うーん。無理だと思うよ」
「なんで？」
「レイちゃん、そういうタイプじゃないと思うから。私とは仲いいけど、それは小学生の時からの友達だから」
ニコニコと。
無理だと断る花野ちゃんに、イライラが頂点に達した。
どこまで嘘つきなんだろう。
あの子、誰とでも笑顔で会話してたじゃないか。
友達を選ぶタイプにも見えなかったよ。

「そうなんだ。残念」
「ごめんねー」

きっと。昨日、私がミドリ達とお昼を一緒したせいだ。
前の私なら、紹介してくれただろう。
けど、花野ちゃんは。
今の私に敵対心を抱いている。
いくら私でも、そんなあからさまな態度をされたら分かるよ。

しまった。
それで気がついた。
女友達すら、紹介してくれなくなったってことは。
リュウのことも、会わせてくれなくなってしまう？
ヤバイ。
そこまで頭が回らなかった。

けど、笑顔を崩さない花野ちゃんの笑顔は、憎たらしいくらいに意地悪に見えて。
リュウのことを聞くことはできなかった。

好きって。
知られたくない。
身の程知らずだねって。
今の花野ちゃんなら、絶対言うに決まってる。
そんなこと分かってる。
知ってる。

それを、再認識したくない。

今はただ。
頑張っていたい。
リュウにお似合いなくらい。
可愛くなる努力をしていたい。

その心を壊すことなんて、誰にもできやしないし。
そんな権利、誰にもないのだから。

■モース硬度2.5■

「ねー！　もしかしてコハク痩《や》せた⁉」
最初に気がついてくれたのは、ミドリだった。

「あ、うん。えっと。恥ずかしいんだけど、ダイエット頑張ってるの……」
こんな可愛い子達の前で、ダイエットしてます！　なんて宣言するの、公開処刑に近かったけど。
このメンバーには、嘘《うそ》はつきたくなかったから、素直に話してしまう。

「やっぱり⁉　実はうちもそう思ってた」
「うん。可愛くなったよね。コハクは、そっちの方がいいよ」
「前はさあ。今なら言えるんだけど、ちょっと太りすぎだったよ」
「バカ！　セリカ、言い過ぎ！」
「えっ。ごめん……。でも、ホントこっちの方がいいって思うし……」
「いいよいいよ。むしろ本当のこと言ってくれて嬉しいし。ありがとう、セリカ」
「！　ううん！　なんか、私言葉キツイらしくて……知らないうちに傷つけてたらごめんね」
「そうだよ。セリカ、もっと言葉選んでから話した方がいいよ」
「……ごめんなさい」

しゅんとするセリカが、すごく可愛らしくて。
可愛い子は得だなあって思った。
キツい言葉、話してたとしても。
許せてしまうし。
ムカつく、なんて思わなかったもん。
太ってた、なんて。言われたくないけど。
本当のことだし。
それに、今は前よりも痩せてるし。
だから、笑顔になってしまう。

「コハク。ダイエットってなにしたの？」
「あ。それ教えて欲しい！　うちも最近ヤバいんだよね。腹肉が。売りたいくらい」
「い、いらねえ‼」
「あはは。簡単なことしかしてないよ。お弁当のご飯、少なめにしたり、お風呂上がりに筋トレしたり。バス使わずに歩いたりとか、階段の上り下りの時、つま先じゃなくて全部靴の裏つけたり、とか。そんなことくらいかなあ」
「うわ……地味にきついね」
「私、直ぐに断念しそう」
「いやいや。そこまで大変じゃなかったよ。でも、最初は体重減らなくて落ち込んだりしたんだけど、一ヶ月過ぎた辺りから、スルスルって落ちてった時は嬉しかったなあ」
「やっぱり、続けることが大事なんだねえ」
「うーん。うちらバスケ部だったじゃん？　部活辞めてから急激に太り出してさあ」

「そうそう。また基礎練メニューやるかあ」
「嫌。絶対嫌。もうヤダ。トラウマレベル」
「あははは！　あのメニュー辛《つら》かったよね。そりゃ痩せるわって感じ」
「思い出したくもないわ……」
なるほど。
みんな運動部だったからスタイルがよかったのか。
私、運動より絵が描きたかったから。
美術部に入部したんだけど。
ちょっとだけ一年生の時の部活の選択を後悔した。

うーん。でも。
美術部も楽しいから。
これはこれでよかったと、思う。

黒いハイソックスを履いた、随分華奢《きゃしゃ》になった自分の足を見て満足する。
そろそろ履いてもいいかな。
黒で誤魔化《ごまか》しのきかない、パステルカラーのニーハイ。
黒いショートパンツなら、持ってるから。
白いシャツもあるし、ニーハイだけ可愛い色にしたら、すごくオシャレに見えると思う。

あれから、ファッション雑誌を数冊買った。
って言っても、お父さんの機嫌のいい時。
一緒に本屋さんに行って、ねだって買ってもらったから。

自分のお小遣いは痛まないんだけど。
月三千円のお小遣いは、可愛いに目覚めた私にとって少なすぎるから。
頭使ってやりくりしていかないと。
とりあえず、ニーハイは千円以下で買えちゃうから、良かった。
薄いピンクも可愛いんだけど、ピンク色なんて着たことないし。
大好きな色だけど、自分には似合わないんじゃないかって抵抗があった。
ネオンカラーじゃなくて、パステルカラーの水色がいいな。
そしたら、初心者の私でも履きこなせそう。
今日の放課後、買いに行こうかな。
なんか、ワクワクする。
こんなことで。心が弾むなんて。
何年ぶりだろう。
あれかなあ。小学生の頃、誕生日。
一回だけ、好きな洋服を買ってあげるって言われた時。
でも、あれはお母さんじゃなくて。お母さんの妹。
つまり、おばさんが買ってくれたんだけど。
ピンク色のふわふわのドレス。
ショートケーキみたい。クリームのようなレースが可愛いお洋服で。
大好きだったけど、大事にしすぎて。
結局、それっきり着れなくなってしまって。
とっておいて欲しかったのに。
気づけば、お母さんが勝手に誰かのお下がりにあげてしまっていた。

あの日は、哀しくてたくさん泣いたなあ。

「コハク？」
「ん？　なあに？」
「今日って部活？」
ミドリが、少しだけ顔を赤くしながら聞いてきた。
しまった。
自分のことばかりにかまけてて、失念してた。
ミドリは、羽柴くんのことが好きだったんだ。

「今日、部活ないよ。買い物は行くけど」
「買い物？　何買うの？」
「く、靴下？」
「それ、どこで買うか予定ある？」
「んー。駅ビルって思ってたけど、ミドリ、どこかいいとこ知らない？　カラーニーハイ置いてあるとこ。できれば、お小遣いに優しいお店希望なんだけど……」
「それなら、私も一緒に行っていい？」
ミドリが、意外なことを言い出した。
それを、改まって言うものだから、なんだか驚いてしまう。
私なら、ミドリと一緒は大歓迎なのに。

「あー！　コハク、ニーハイ買うんだ！　いいよね。私もハマってる。ヘンな柄のニーハイとか可愛いよね」
「ミドリ、ニーハイだったら、銀星《ぎんせい》屋《や》とかどう？　あそこ、安くて可愛いのたくさんあるし」

「銀星屋ならうちも行きたい！　新作の洋服見たい!!」
「お、大所帯……」
ミドリが、ちょっとだけ嫌な顔をした。
ああ、きっと。
私と二人で何か話すことがあったんだろうなあ。
直感的に、羽柴くんのことだとピンときた。

「いいじゃない。ミドリばっかコハクを独り占めしてさ」
「そうだよー。この四人で遊んだことないじゃん。行こう行こう！」
「分ーかった！　分かりましたあ!!」
ぷうと膨《ふく》れながらも、我《わ》が侭《まま》言わずちゃんとみんなに配慮できるミドリはすごいなあって思った。

「ごめん。コハク。もしかして一人で買い物したかった？」
「ううん。そんなことないよ。みんなで買い物行くの嬉しいよ！」
笑顔でそう答えたけど、ミドリはなんだか不満そうで。
みんなと放課後一緒に買い物。どこに行くかとか決めたら。
もうそれだけでお昼休みは終わってしまった。

□　□　□

希望通り可愛い水色の透け感のあるニーハイをゲットした。
ピンクと水色のグラデーションの星柄ニーハイもいいなあって思ったけど。もうちょっと慣れてからにしよう。
なんだかんだ言って、ミドリもロックな千円以下のサムリングを買ってたし。
セリカはミルキーパープルのユニコーン柄の可愛いTシャツが気に入ったみたいで、試着の結果思い切って購入してた。
サヤは、今月お小遣いがピンチらしく。
見てるだけだったけど、すごく楽しそうに見えた。

けど、みんなよくこんな可愛いお店を知ってるなあ。
商店街の裏通り。
見た目は、古い民家で。
手作りの看板は出ているけど、普通にここ歩いてたら見落とすと思う。
それでも、店内は女子学生でいっぱいだった。
女の子の口コミってすごい。
改めてそう思う。

「あー！　楽しかったっ」
インナーペーパーに包まれたTシャツを、もう取り出してはしゃぐセリカ。
「あんた。またそうやって買ったもの直ぐに見せびらかす」
「だって早く着たいし、見たいんだもーん！」
「せめてどこかでお茶でもしようよ」

「あ。いいね。プラスタ行こうか。サヤは？　プラスタ行っても平気？」
「あー。そのくらいだったら、私もお金大丈夫。喉渇《かわ》いたから何か飲みたかったとこだし、むしろ行きたい」
「よし。じゃあ駅前のプラスタ行こう！　今チョコレートフェアやってるってさ」
「やったあ！」
なんだろう。
女の子の会話って、不愉快だったり、うるさかったりするのに。
この三人の会話は、微笑《ほほえ》ましくて仕方ない。
嫌悪感なんか全然ない。
ラジオみたい、ずっと聞いていたくなる。

「ほら、コハクも。ぼーっとしてないで、行くよ」
「うん」
そこに、自分が入れてもらえてるなんて。
なんだか夢みたいで。
最近、花野ちゃんが私に冷たいこととか。
どうでもよくなってくる。

花野ちゃんに嫌われたのは、哀しいけど。
あの子よりもっといい友達を手に入れたし。
こんなこと思うこと自体、性格悪いなって分かっているけど。
正直、花野ちゃんと付き合うメリットは。もう。
リュウとの繋《つな》がり、しか。ないから。

『ねえ？　最近痩せすぎじゃない？　なんか怖いんだけど。げっそりして。って言うか、やつれた？』

健康的にダイエットしてるし、やつれてなんかいない。
体脂肪率だって計ってるし、筋肉もついた。
お母さんにも、運動してて偉いって言われた。
痩せた私に文句を言うのは、花野ちゃんだけだ。
そんな花野ちゃんを、どんどん嫌いになっていく私がいて。
友達って、なんだっけって。
最近、ふと思うんだ。

プラスタでお茶した後、それぞれ帰路につく。
「ばいばーい。また明日ね！」
「バイバイ。気をつけてねー！」
「あーと。私、コハクと一緒に帰るから」
ミドリが突然、私に腕を絡めてきた。

「あ。そーなんだ。じゃあね」
なにも詮索《せんさく》せずに、セリカとサヤがさばさばした態度で帰っていく。

「……突然、ごめんね。コハク」

「いいよ。なにか言いたかったことあったんでしょ？」
「え⁉　分かっちゃってた⁉」
「うん。分かるよ。ミドリとは付き合いは短いけど……その、大好きだし、友達だから……」
「そ、そか！　嬉しいな……あはは」
夕焼けのせいなのか、照れたのか。
ちょっとだけ、ミドリの頬が赤くなる。

「あのね。そろそろ冬休み突入するじゃない？」
「うん」
「その……バレバレだと思うけど、私。羽柴のこと好きじゃない？」
「うん」
「ちょっと！　軽く流さないでよ！　もっとこう『ええっ！』ってリアクションしてよ」
「……ええっ！」
「もういーよ。ふんだ」
わざと棒読みで、お望み通りのリアクションをしたら。
ミドリが拗《す》ねてしまって、その姿に思わず笑ってしまう。

「ああ！　笑った！　私、真剣なのに」
「知ってるよ。大丈夫だよ」
「うん……」
駅前の公園で。
改めて自販機で飲み物を買って。
ミドリと一緒にベンチに座る。

炭酸水に最近ハマっている私は、ジンジャーエールを。
ミドリはレモンソーダをチョイスした。

「あのさ……」
「うん」
しゅわしゅわ炭酸水を飲みながら、ひっきりなしに行き交う人を眺《なが》める。
世界はこんなに慌《あわ》ただしいのに。
まったりと、美味《おい》しくジュースを飲んでいることに、感じなくていい罪悪感を覚える。

「私、羽柴のことが好きで……コハクに近づいたんだ」
「…………」
「……ごめんね」
なんとなく、分かってたよ。
だから、驚かないし。怒る気もしない。
むしろ、有り難いくらいだ。
私を、こんな素敵なグループに入れてくれて。

「けど。コハク、すごくいい子で、頑張り屋で、優しくて……成績も学年トップなのに、全然鼻にかけないし。ダイエットも、私達に合わせようとしたんでしょ？　無理させて、本当にごめんね」
「あー。全然。そんなこと思わなくていいよ。私、嬉しかったよ。憧《あこが》れてたみんなに声かけてもらえて。ダイエットもね。可愛くなりたかったから、みんなのこと参考にしたし、みんながいてくれたから、頑張れたんだよ！　むしろ、感謝してるくらい」
「コハク……」
よっぽど、悪いことしたって。思ってたのかな。
いつから、自分を責めてたのかな？
ミドリの大きな瞳から、見とれちゃうくらい。
綺麗な涙が、ぽとんと落ちた。

「ごめ……。でも、私。コハクのこと、大好きになったよ。これは、本当。信じて……今ではもう、大事な友達なんだよ……」
「うん。ありがとう。だから、泣かないでよ、ミドリ。私が泣かしてるみたいじゃない」
「そうだよ。コハクが泣かしてるんだよー」
「あはは。ほら、あのサラリーマンの人、めっちゃ私のこと睨《にら》んでるし。ね？　泣きやんで？」
「ん……」
美少女を泣かせている、隣の普通の女子。
なんの事情も知らない人から見れば、完全に私が悪者だろう。
それは、仕方ない。
だって、ミドリの外見って。
はかなげで、可憐で。
守ってあげたくなるような雰囲気があるんだもん。

けど、私は全然それに対してムカつくとかはなくて。
むしろ、誇らしかった。

こんな素敵な子が、私の友達なんだぞって。
自慢したいくらい。

「私、冬休み前に……羽柴に告白する」

11月も、もう終わり。
そろそろ12月に突入する町は、気が早くてクリスマスカラーに彩られていた。
赤、緑、金色。
私、クリスマスって好き。
なんだか、世界中が幸せに見えるから。
流れる曲も、楽しい曲ばかりだから。
私も楽しくなれるから。

「すごいね。ミドリ」
「あはは。勝率はゼロだけどね」
「そんなことないよ。やってみなけりゃ分かんないじゃん」
りんりんりん、と。
どこからか定番のクリスマスソングが聞こえた。

■ノンヒート■

今日も美術部では、部員全員がデッサンに打ち込んでいる。
普通、引退しちゃう三年生が若干まだ部室にいるのは。
美術専門の高校を狙ってる子達の必須課題が木炭や鉛筆デッサンだからだ。
顧問の先生に色々指導してもらっている同級生をチラ見しつつ。
いつも通り、隣に座る羽柴くんを眺《なが》めた。
私達は、志望高校が西校だ。
本当は、デッサンなんかやらず。
塾に行くなり図書館に行くなりして、勉強をしなければならないんだけど。
絵を、描くことが好きだから。
たったの二時間くらいの部活だけど、なによりの息抜きになっている。
今のところ、西校への合格はA判定をもらってるし。
お母さんには、図書館で勉強していることになっている。
成績はむしろ伸びてきているから、疑われたりしない。
塾に叩きこまれないのは、行かなくても自分の勉強法でどうにかなっているから。
西校は公立だから、教科書の問題さえきっちり憶えたら受かる。
あとは、本屋で見繕《みつくろ》った問題集なんかしてるかな。

まあ。うちの経済的な面を考えると。
塾に通える余裕なんてなさそうだし、大丈夫だとは思うけど。
お母さんは、私の幸せに繋《つな》がるなら無理してでも塾に行かせようとするのが目に見えているので。
だから、絶対に成績は落とせないんだ。
お母さん、今でも働きすぎなのに。
これ以上、無理させたくない。
早く、楽をさせてあげたいな。

そんなことを思いながら。
目の前のガッタメラータに集中する。
ああ。ダメだ。
夕方になったせいか、光の射す方が掴《つか》めなくなって。
明暗境界線が分からなくなる。
冬に向かう季節は、夕暮れを早く呼んでくるから。
部室全体が窓から射す西日に、真っ赤に染まる。

どうしたものかなあって、描くのを一時ストップしていたら。
隣に座っていた羽柴くんが、木炭デッサン用の食パンをもぐもぐ食べ始めた。
それは、いい。
みんな、お腹《なか》がすいたら食べちゃうし。
先生の機嫌がよかったら、部室に備え付けのトースターを使用してもいいことになっている。

でも、羽柴くんが食べてるのは。
新品の食パンではなく。
画用紙に擦《こす》りつけた方の、使用済み食パンで。
無意識なのか、なんなのか。

絵を描く手は止めずに、もぐもぐっと。
真っ黒になった食パンを完食してしまった。

「ちょ……えー。羽柴くん。それ、木炭消した方のパンだよ？」
お腹壊したらマズイので、とりあえずこれ以上食べないように指摘してみた。
そしたら、無表情で羽柴くんが私に視線を向けてくれた。

「ああ。だろうと思った」
「だろうと思ったって！」
「途中、苦いか？　って感じたんだけど。まあいいかって」
「よくないよくない！　お腹壊したらどうするの⁉」
「大丈夫。炭は体の毒素を排出するって言うからね」
「それは、そういうの専用に作られた炭だけだと思うよ……」
「まあ。美味《おい》しくはなかったし。これからは気をつけるよ」
真面目な顔で、そんなこと言われたら。
なんだか、おかしくって。

「あっははははは！」
思い切り、笑ってしまった。
それに、なぜか。
いつもポーカーフェイスの羽柴くんが、少しだけ笑ってくれた。
ああ。そうそう。
羽柴くんって、顔が整っているせいか。
笑うと、すごく可愛くなるんだった。

「うわ！　あの羽柴先輩が……笑ってる!!　怖いっ」
「羽柴のこと扱えるの、山本さんだけだよね」
「俺には無理だ……調教師か山本は……すっげえ」
なんか、色んなこと言われてるけど。
私は羽柴くんのそんなとこが好きだなあ。
他者に関心がなくて、自分の好きなことに一生懸命で。
でも、優しい。

羽柴くんなら、ミドリとお似合いだと思う。

「ねえ。羽柴くん」
「なに？」
「その、紹介したい人がいるんだけど……」
「ああ。そういうの」
「ダメ、かな？」
「ダメだね」
あっさり断られる。
だろうなとは思ってた。
羽柴くんは、付き合いの長い女の子じゃないと、受け入れられないタイプだ。
だから、ミドリには長期戦で挑むしか手がなさそうだ。

「ごめん。分かったよ」
「うん」
別に、そんな話をしたからって。
私と羽柴くんの間は気まずくなることはなく。

お互い、デッサンに楽しく集中する。

逆に、ミドリに色々アドバイスができそうで。
思い切って羽柴くんに聞いてみて、結果よかったのかもしれない。

□ □ □

「というワケで、羽柴くんとは長期戦がいいと思う」
「そっかぁ」
ミドリと二人だけでプラスタでお茶をする。
なんか、こんな可愛い子と一緒にウィンドウの席でコーヒーを飲む。その優越感が嬉しくて。
私も、ミドリみたいにもっと可愛くならなきゃなあって。
窓に反射する自分の姿を見つめながら心に誓った。
お風呂上がりのむくみマッサージのお陰か、大分スッキリしたフェイスライン。
前髪を伸ばして斜めにしたせいか、前より随分小顔に見えた。
私は、眉と目が離れているから。
パッツン前髪より、こっちの方がいいみたいだ。
ファッション雑誌を読んだら、あれがいいこれがいい、今はこういうのが流行だって。

すごい情報量で頭がごちゃごちゃになるけれど。
全部が全部自分に似合うってワケじゃなくて。
自分を分析して、その中から。これがいいんじゃないかなあって、選んで、試して。失敗して。
その繰り返しで、可愛くなれるのを知った。
特に、鏡で自分をじっと見て真実に向き合う時は。
死にたくなるくらい辛《つら》かった。
だって。思った以上に、私って可愛くなくて。
まだ自分に夢みてたところ、残ってたみたいで。
けっこう打ちのめされた。
でも、弱点を知っといた方が。
それを補うことができるし。
更に、いいところも分かれば。
そこを生かしていけばいいから。

しんどかったけど、自分のことを知るって大事なんだなあ。

私の場合。
弱点は、身長と体型と大きな顔。
ほんと、全体的にまるい。
でも、調べたら二十歳すぎても身長は伸びるみたいだし。
今は150センチ前後だけど、縄跳びとか猫背を直すとか色々身長が伸びそうなこと、試していきたいと思う。
顔がでかいのは、マッサージと髪型でカバーするしかない。
もうこれは、どうしようもないもん。
骨格だけはどうにもならない。

幼児体型は、服装で誤魔化《ごまか》すしかない。
Aラインのワンピースとか、ティアードフリルのトップスとか、チュニックみたいな。体型が隠れるタイプの洋服を選ぶとか。
とにかく。努力で可愛いはなんとかなるってことを。
現在、痛感してる最中だ。

「コハク」
「なに？」
コーヒーゼリーの上にたっぷりのった生クリームを頬張りながら、ミドリがちょっと笑って。
それから真剣な表情で私を見つめた。

「この短期間で、すごく可愛くなったよね。コハクは」
「えっ！　そんな。ミドリに比べたら全然だよ!!」
「そんなことないよー！　可愛くなったよ」
「まあ……。努力はしてるけど」
「うん。すごい頑張ってるよね」
それから。
ミドリは傍らのストロベリーティーを一口飲んで。
苺《いちご》味の溜め息をついた。

「私、長期戦の恋。できない」
「どうして？」
「高校、地元受けないから。パパの転勤で、東京に行くの」
「え……そうなの？」
「うん。前から決まってたことなんだけど。なんか、みんなに言いづらくて」
まだ六時前なのに、真夜中みたいになった町並みを。
硝子《ガラス》ケースの中に閉じ込められたドールのよう。
ミドリが、そっと窓硝子に触れた。

「でも、告白はするよ」
「ミドリ……」
「私ね。一年生の頃からね。羽柴のこと、好きなの」
ずっと。窓の外から目を離さないミドリ。
きっと、見たいのは。こんな風景じゃない。
ミドリが見たいのは、探しているのは、羽柴くんだ。

「一回しか話したことないし。同じクラスになったこともないんだけどね」
沈んだ表情の横顔とは違い、ミドリの声は明るくて。
それが、なんだか切なかった。

「私、羽柴に怒鳴られたことあるの」
「え！　あの羽柴くんが？　怒鳴る⁉」
「うん。よっぽど怒ってたんだろうね」
「そ、それで、どうして好きになるの？」
「うーん。羽柴が、正しかったから？　あのね。写生大会あるじゃん？　あの時、セリカ達と天気よかったし、はしゃぎすぎたのね。そしたら、たまたまその場所で羽柴がスケッチしてて」
「ああ……」

「ビックリしたよ『うるさい！　やる気がないなら帰れ!!』って。男子に怒鳴られた経験なかったし、それに、あの羽柴でしょ？　本当にビックリしたよ。私、気が強いし。ムカついたから何か言い返そうと思ったんだけど、なんも言えなかった。だって、悪いのはうちらの方だし」
「それは、確かに怒鳴ると思う。羽柴くん、絵のことになると性格変わるから」
「そう。そこに、きゅんときたって言うか。ギャップ萌えってやつ？　それから、羽柴のことが気になって気になって。もう廊下ですれ違ったりすると、心臓がおかしくなって死ぬんじゃないかってくらいドキドキして」
「あはは」
大袈裟《おおげさ》に、右胸を押さえるミドリから。
羽柴くんのこと、真剣に好きなんだなあって想いが伝わってくる。

「好きって、言えなくて。それでも、友達になって、くらいは言えるかなって思ったんだけど。勇気出なくて。後回しにしてたら、パパの転勤が決まっちゃって。ほんと、自業自得だよねえ」
「でも、遠く離れても。羽柴くんは友達になってくれると思うよ。恋してればいいと思う。そこから、また繋《つな》げていけば」
「無理だよ。東京、遠いもん。私には、そんなの無理。好きになったら、傍にいて欲しい。離れるくらいなら、玉砕《ぎょくさい》したい」
「ミドリ……」
「そうだねえ。告白が成功したら、遠距離でも我慢できるかも。

でも、片想いは……考えるだけで、辛いよ。無理」
どうしよう。
なんとかしてあげたいんだけど、こんな時に限って。
いい案が浮かんでこない。
ミドリと羽柴くんが付き合ったら。
とても素敵だと思う。
そうなればいいと思う。

けど。人の想いは。
受験や自分磨きみたい。
努力でどうにかなるものではない。
ある程度、なんとかなるかもしれないけれど。
最後は、その人の気持ち次第だ。

「あー。ごめん。なんか暗くなっちゃったねえ」
「ううん。そんなことないよ」
「そう言えばさ。コハク、モデルの桜井竜のファンだったよね！　これ。よかったらどうぞ。うちのパパが定期購読してるメンズ雑誌に載ってたよ。切り抜いといた」
「えええええっ‼　ありがとう‼　知らなかったー！　こんな仕事もしてたんだ」
「ああよかった」
「え？」
「コハクが、笑顔になって」
嬉しそうに、ミドリが笑う。

「私、コハクの笑顔が好きなの。なんか、癒《いや》される」

ダメ。
泣いたら、ダメだ。
ミドリの言葉に、うるっときてしまう。

どうにかしてあげたい。
傷ついて欲しくない。
笑顔でいて欲しい。
大好きだよ。

そんな言葉達が涙と一緒に溢《あふ》れてきそうになって。
必死で押し込める。

こんな笑顔でも、好きになってくれたなら。
私、笑ってなきゃ。
それしかできなくて、ごめんね。

「ありがとう。ミドリ、大好きだよ」
「ちょ！　いきなり何を言い出すのさ！」
「だって好きなんだもん」
「あははー！　うん。私も大好きだよ」
「うちらキモイねー」
「キモくてもいいんだよー！　だってラブラブだもんっ」
私より背の高いミドリに、頭をぐしゃぐしゃってされる。
こういう時、ちっちゃくてよかったって思う。

「……コハク、ありがとうね」

ああもう。
見透かされてるじゃん。
耳元で囁《ささや》かれたミドリの声は、真剣で。
堪《こら》えていた涙が、一粒だけ。零《こぼ》れてしまった。

■オンビート■

クリスマスイブは、クリスマスよりわくわくするから好きだ。
でも、今年から。
嫌いになってしまうかもしれない。

「コハク……ダメ、だった」
こんな時に限って、学校があって。
クリスマスイブだからって、ミドリは羽柴くんに。
告白して。

思った以上に、手酷《てひど》く。
フラれてしまった。

『ああ。あの時の騒いでたバカか』

羽柴くんは、ミドリのことを憶えていた。
悪い意味で。
よっぽど、ミドリ達がしでかした行為に腹を立てたのだろう。
彼は、頭がいいから。

でも。
それにしたって。
自分のことを好きになってくれた女の子に、ひどすぎるよ。

私が、放課後。

羽柴くんを呼び出して、わざわざ中庭まで来てもらったのは申し訳ないと思ってる。
けど。

「羽柴くん！　それは言い過ぎだよ。ミドリに謝って！」
「なんで？　嫌なものは嫌だし。僕はコイツが好きじゃない」
「やめて！　そんな言い方、ひどすぎるよ！」
「僕に気持ちなんかないのに、期待させる方が残酷だと思うんだけどな」
「今ミドリに放った言葉の方が残酷だよ‼」
「…………」
はっとした表情をした後、羽柴くんが俯《うつむ》いた。
ぱさり、と。羽柴くんの長い前髪が、彼の表情を隠す。

羽柴くんの言いたいことも分かるけど。
これは違う。
思いやりを感じない。
人間相手のやり取りじゃない。機械相手みたいだ。
いがみ合ってる同士なら分かるけど。
そうじゃないじゃん。
ミドリは、羽柴くんに言ったじゃないか。

『ずっと前から、大好きでした』

勇気を出して、君が好きだと。
大好きだって。

それに対して。相手の好意を踏みにじるような言葉を投げつけるなんて。
これがミドリじゃなくても、絶対におかしい。
みんなが羽柴くんの肩を持っても。私は、こんなの絶対に認めない。
だったら、お前らが同じことされてみろよって思う。
自分の立場になったら、傷つかないでいられるワケ？

「謝って。ミドリに謝りなさいよ！」
「……ごめん」
「私、羽柴くんを許さないから。軽蔑《けいべつ》するから」
「…………」
「ミドリの告白を受けなかったからじゃないよ。人間的におかしいから。羽柴くんは、人を傷つけて平気なんだって、分かったよ」
「僕は……」
「どんないい絵を描いたとしても、私はもう尊敬なんかしない。あんた、最低だよ」
「！」
三年間、羽柴くんと築いた関係。
それは、仲間だったり。友情だったり。
夏に、部室にアイスバーを持ち込んで食べたこと。
羽柴くんの絵の具が爆発して、画材入れが大惨事になったこと。
こっそり、部室のストーブでみかんを焼いたりしたこと。
大事な思い出が、脆《もろ》い硝子《ガラス》のよう。
次々と砕けていく。

なんて形容していいか分からないけれど。
他に見当たらないほど、かけがえのない絆が。
あった。

けど。それでも。
そんな関係があったとしても。
私は、羽柴くんを許せない。許すことはできない。
あんな思い出もいらない。
全部、捨てる。全部、全部。
そのくらい。羽柴くんは必死な告白をした女の子に対して、ひどいことをした。
ミドリが、どれくらい羽柴くんを好きか。
大好きだったか。
知っているから。
私、許せないよ！

泣いているミドリを腕に抱き。
羽柴くんを睨《にら》みつける。

「……ここまで、寒いのに来てくれてありがとう」
「いや……」
「さよなら」
怒りがとめどなく溢《あふ》れる感情を抑え込み。
棒読みで羽柴くんをねぎらって、ミドリを連れてそこから去った。

「ごめ……。コハク、羽柴と、仲良かったのに……。ううっ、私のせいで……喧嘩になっちゃって……」
「いいよ。あんな人とは思わなかったから。むしろ、本性知れてよかったよ」
「コハク……でもね、私ね。羽柴くんは……純粋なだけなんだと思うよ……」
「はあ？　純粋なくせに、あんなひどいこと言うの⁉」
「だから、よけいに、だよ……純粋だから、思ったこと口にしちゃうんだよ……」
「だからって、純粋だからなに言っても許されるはずないじゃない！」
「ん……傷ついたけど……。でも、羽柴のこと、ずっと見てたから……なんか、分かるよ……好き、だもん……」
「ミドリ……」
あんなひどいことを言った羽柴くんを。
まだ好きだと言うミドリが。
いじらしくて。
可哀想で。
辛《つら》くて。

「ちょっと、なんでコハクまで泣くかなあ？　フラれたの、私だよ……」
「だって……ミドリ、優しすぎる……」
「優しくないよ。優しいのは、コハクの方だよ……ごめんね。ごめんね……」

さっきまで、泣いていたのはミドリなのに。
いつの間にか、私の方が。
ミドリの腕の中で、泣きじゃくっていた。

羽柴くんのことが、ショックで。
ミドリの失恋が哀しくて。
他人に対して怒鳴ったことは初めてだったから。
仲の良かった友達を非難した罪悪感で。
色んな感情がないまぜになって。

「うっ、うう……えええぇえん！」
制服の上から羽織られた。
ミドリの真っ白でふわふわのコートは。
天使のように優しくて。

ああ。
羽柴くんに、言いすぎたかもしれないと。
けど、後悔はしてなくて。
でも、なんだか胸が痛んで。苦しくて。
羽柴くんの最後に見た哀しそうな横顔が離れなくて。
懺悔《ざんげ》するみたい。
心の中の怒っていた感情が、涙と一緒に流れ続けた。

□ □ □

クリスマスが終わり、直ぐに冬休みに突入した。

「フラれた時のこと考えてね。クリスマスにしたの。ほら、やっぱ恥ずかしいじゃない？　学校来るの？　用意周到でしょー？」
って。失恋の痛みが癒《い》えてないのに、ミドリは笑顔で。
終業式の学校を後にした。
いつも通り、プラスタに寄ってお茶をする。
私はマシュマロココア。
ミドリは珍しく、ブラックコーヒー。

なんとなく、冬っぽい。
北風を連想させるようなレトロなＢＧＭが店内に流れている。
英語？　みたいだから。
何を歌っているのか分からないけれど。
きっと、淋《さび》しい曲だ。

ミドリは、推薦《すいせん》で東京の高校に入学が決まっているから。
冬休みが終わったら、もう。
会えなくなってしまう。

「なによ。どうしたのよ。コハクらしくない暗い顔しちゃってさ」
「だって……」
「ああ。東京の学校へ行くこと？　そうだね。コハクやセリカ達と離れるのは淋しいけれど……でも、コハク、言ってたじゃない」
「え？」

「遠く離れても。好きだったら大丈夫だって。私、コハクのこと大好きだから、東京に行ってもずっと友達でいてね」
「あ、当たり前だよ！　……そんなの。私からお願いしたいくらいだよ」
「……コハク」
ココアを飲んでいる私と違って、ミドリはコーヒーに口をつけなかった。
まるで誰かの心みたい。
熱々のコーヒーが、どんどん冷たく。冷めきっていく。

「羽柴と同じ、西校受けるんだって？」
「うん。羽柴くんと一緒なのは、不本意だけど。一年の頃から志望してたし。親も、西校以外の受験は認めてくれないから」
「そうだね。二人共、学年ツートップだもんね。先生達、今年はうちの中学から西校合格者が二人も出るかもしれないってはしゃいでたよ」
「受かれば、の話だけどね」
捕《と》らぬ狸《たぬき》の皮算用《かわざんよう》という諺《ことわざ》を、先生にプレゼントしてあげたい。

「ミドリは東京の修星館《しゅうせいかん》ってところに行くんだよね？」
「そうだよ。一芸入試だし、もう推薦決まってるしね」
「すごいよね！　ミドリの一芸ってなに？」
「え？　言ってなかったっけ？　私、声楽やってるんだ。だから、将来は歌手になりたいの」
「ええー！　知らなかった……」
「ごめん……言ったつもりでいたわ。ほら、最近慌《あわ》ただしくてさ……」

確かに。
ミドリは、ここ最近。羽柴くんのことばかりで頭がいっぱいだったから。

「ねえ。同じ学校行くなら、尚更《なおさら》。羽柴と仲直りした方がいいんじゃない？　私が発端なワケだし。私も一緒に謝りに行くから……」
「なんで？　ミドリが謝ることなんて何一つないよ。それに、羽柴くん、落ちるかもしれないじゃない。西校」
「コハク……」
「私は、あんなヤツには負けないよ」
「本当にそれでいいの？　私、二人のことが気になって、これじゃ安心して東京に行けないよ。だって、二人はあんなに仲が良くて……」
「大丈夫だよ。ミドリは安心して東京に行きなよ。そこで、羽柴くんなんかより、もっともっとも一っといい男ゲットすればいいよ」

今日は終業式だけだったから、午前中で学校は終了。
冬のせいか、曇りの天気が多かったのに。
今日に限って、やけに澄んだ青空が。
窓越しに見えた。
それが、透明な青空が。
羽柴くんを連想させて。
苛立ちと、認めたくない罪悪感で。
胸がチクンと痛んだ。
けど、あえてその痛みをシカトする。

「ねえ。ミドリ、ケーキ食べない？」
「食べたいけど、コハク。ダイエットしてるんじゃあ」
「たまのケーキはむしろダイエットのストレスを緩和してくれるんだって。更に、ストレスがなくなっちゃうから上手《うま》くいけば痩《や》せるらしいよ！　まあ、毎日ケーキは太るけどね。いいじゃない。終業式なんだし」
「コハクがいいなら、いいけど……。うーん。分かった！　食べちゃおう！　実は私、ストロベリーシフォンケーキ狙ってたんだあ」
「私は定番のショートケーキ！　生クリームが食べたくて食べたくて……」
「あー。それ分かる。甘いもの抜きダイエットしてると、やたら生クリームこってりのショートケーキが食べたくなるよね」
「苺《いちご》ショートケーキ以外認めないから！」
「私も！　あーん！　コハクがショートケーキを力説したから、私もショートケーキ食べたくなっちゃった！」

「そういう時は、どっちも食べればいいと思うよ！」
「いやー！　悪魔の囁《ささや》きー！　でも二つ頼んじゃう！　すみませーん。ショートケーキ二つと、ストロベリーシフォンケーキ一つくださーい。それから、アップルシナモンティー追加で」
「あ！　私も。ミントティーください」
欲望全開で、頼みたい物をオーダーする。

ケーキが運ばれてきた私達のテーブルは、まるで絵本の中のお茶会みたいに彩られた。
硝子のカップに沈むミントの爽《さわ》やかさ。
ふわっふわの、レースを重ねて出来たようなショートケーキ。
細くて可愛いリボンが結ばれたシナモンスティックが添えられたアップルティー。
パステルピンクの玩具みたいなシフォンケーキ。
どれも、本の中に閉じ込めてしまいたいくらい。可愛い。

全部、全部閉じ込めてしまいたい。
少しの間だったけど。
ミドリ達とすごせた日々。
楽しかった思い出。
羽柴くんとの、苦い決別。

そしたら、そこで時間が止まって。
ミドリが東京に行くこともなく。
私と羽柴くんの関係も、前みたいに巻き戻って。
本のページを捲《めく》って、あの美術部での楽しかった場面に栞《しおり》を挟むのに。

けど、現実はそうはいかなくて。

ミドリと美味《おい》しく完食したお菓子の残骸《ざんがい》は。
なにか、私が残してきた大切なものを連想させた。

■青空鉱石■

入学式が憂鬱《ゆううつ》で憂鬱で仕方なかった。
西校に受かったのは当然として。
羽柴くんも当然のように、受かっていた。
だろうなあとは思ってたけど。
色んな意味で、胸が痛い。

大好きな友達に暴言を吐いて喧嘩別れをしてしまった。
でも、謝る気は私にはない。
どうしても、許せない。
言いすぎたとは思うけど、私の中の正義が許してはくれないのだ。

しかも、羽柴くんと私のクラス。
入学式の時、確認したんだけど。
二人とも同じ、特進クラス。
各々の成績のレベルでクラスが決まるし。
羽柴くんも私も、同じ大学を目指してたから。
まさかな、とは思ったんだけど。
悪い予感は的中しやすいって本当なんだな。

これからの高校生活、気が重い……。

西校に入学できたのは、先生方の予想通り。
私と羽柴くんだけで。

ミドリは、東京の修星館。
セリカは東校。
サヤは北校と。
花野ちゃんは、ものすごく勉強してたから。お嬢様高校の聖レーネへ推薦《すいせん》合格した。
みんなバラバラになってしまった。

それが、淋《さび》しくて仕方ない。
またミドリみたいな友達、私になんか作れるのだろうか。
しかも、羽柴くんと同じ教室。
考えただけで、空気よりも重い重い溜め息を吐いた。

そんな心持ちだったせいか。
入学式の祝辞も、校長先生の挨拶《あいさつ》も。
なにも頭に入ってこなくって。
ずっとネガティブなことばかり考えていたら、いつの間にか入学式は終わっていて。
各自、指定された教室へ向かうことになった。

私は、この学校に知り合いはいない。
唯一いた羽柴くんとの仲は、こじれたままだ。
あの日以来、私は美術部に行かなくなったし。
廊下ですれ違っても、お互い挨拶はおろか目も合わせなくなった。

それを、淋しいなと思ってしまうのは。

罪悪感からくるものなのか。
あの日々を懐かしむものなのか。
今の私には分からない。

廊下をぞろぞろと歩く生徒達の群れの中。
背の高い羽柴くんの後ろ姿を見つけたけれど。
声をかける気は毛頭なく。
むしろ、目立たないように。
小さい自分の体を更に小さくして、こそこそ教室に入った。

教室にはもう担任の先生がいて。
先生に言われるまま、各自決められた席に座った。

私は、中央の後ろの方の席で。
一番前じゃなくてホッとしたけど、身長が低いから。
ちょっと黒板が見にくいのが不満だった。
先生に言って換えてもらおうかどうしようか悩んでいた時。

左側の窓際。
どこかで見た女の子が座っていた。
いや。どこかでだとか、曖昧《あいまい》なものじゃない。
あれは……リュウの幼馴染《おさななじみ》の七瀬玲《れい》だ。
間違いない。
あんな綺麗な女の子を、見間違えるはずがない。
あの子、西校受かるくらい頭良かったんだ。
ちょっと、かなりビックリした。

でも、チャンスかも。

私は、リュウのことをこれっぽっちも諦《あきら》めていなかった。
むしろ、美術部に行かなくなったストレスを埋めるため。
リュウにどっぷりとのめり込んで行った。
芸能事務所の大手、イクシオンに正式に入ったこと。
『Snob』のメンバーで構成されたアイドルグループ『ＦＥＥＬ』のメンバーに選出されたこと。
夏に大きなライブを開いて、全国ツアーを回ること。
もちろん、ファンクラブにだって入会済みだ。ファンクラブ発足日の受付時間になるのを見計らって、直ぐに入会ボタンを押したから、私の会員ナンバーは二桁だ。

リュウのことなら知らないことはないくらい。
私はかなりマニアックなファンになっていた。
ネットのニュースも、リュウに関することなら毎日かかさず見ているし。
アイドル掲示板のリュウ専用スレッドも常駐している。
それどころか、もっとディープな会員制の掲示板も覗《のぞ》いてたりする。

「それじゃあ、自己紹介して行こうか。左から順番に、名前と何か一言発言して」
高校になってもこんなことさせられるの？
初対面ばかりの大勢の中の自己紹介は、かなり恥ずかしい。
いや。初対面だからこそなのだろうか。

担任の先生は、若い男の先生で『榊総一郎《さかきそういちろう》』と、癖のある文字で黒板に自分の名前を勢いよく書き殴《なぐ》った。
それが、私にはなんだか気持ち良く見えて。
さっぱりとした印象と、サバサバした人柄を表しているようで好感が持てた。

この担任の先生、なんか好きだ。
うん。じゃあ自己紹介も頑張ってみようかな。

次々と自己紹介をしていく、新しいクラスメイト達に注目する。
ハキハキ上手に自己紹介する子もいれば、名前だけ名乗った後、すぐに着席する人もいる。
うーん。出身中学くらいは言おうかなあ。
初対面って大事だし。

みんなの自己紹介を参考にしていると。
あの七瀬玲の番になった。

「七瀬玲です。よろしくお願いします」
愛想も何もない挨拶に、肩透かしを喰《く》らう。
後ろからだから、よく見えないけど。
緊張しているのかな？
あの時、ニコニコ笑ってた七瀬とは随分違っていた。
顔が綺麗な分、今の自己紹介で冷たいひとなんだなって思われただろうな。

羽柴くんに至っては。
「……羽柴紘です」
小声で名前だけ名乗っただけで、おしまいだった。
まあ。羽柴くんの自己紹介は予想してたけどね。

あ。いけない。
他人の心配してる場合じゃない。
そろそろ自分の番がきてしまう。

「えと、山本琥珀です！　白戸《しらと》中からきました。よろしくお願いします」
できるだけ背筋を伸ばし、ハキハキした声を上げ最後に笑顔を作る。
初対面の印象って大事だから。
七瀬と羽柴くんの自己紹介を参考にしつつ。
手短に、でも不快感を与えず。
自己紹介を終えると、直ぐに着席した。

白戸中から西校に入学できたのは、羽柴くんと私だけだ。
他は大体、西校の学区内の子が多い。
西校は学区内の子が優先で受かりやすいという噂《うわさ》は本当なんだろうか。
ここまで偏差値が高い高校は、うちの学区になかったし。
お母さんの勧《すす》めもあって西校を選んだけど。
やっぱり、中学の友達がいないのは淋しいし。
一から友達を作らなければいけないのは不安だ。

修星館は一芸入試だから、ミドリを追いかけるのは無理だけど。
私も、中学のみんなみたいに。北校や東校に入学したかったな。

ふうと溜め息を吐いたら。
いつの間にか、隣の席の子の番になっていた。

「北野紗英《きたのさえ》です。出身中学は箱宮《はこみや》です。気軽に紗英って呼んでください！　よろしくね〜」
明るくてよく通る声に、ビックリする。
隣を見たら、ミドリを思い出すような外見をした女の子が。
キリリと背筋を伸ばし、近寄り難いようで。
でも、人好きのする笑顔を浮かべながら周囲を見渡していた。
ふ、と。私と視線が合うと。
彼女、サエがにこーっと。
私を見て笑ってくれた。

「よろしく！」
「よ、よろしく……」
とても可愛い子だから。
笑いかけてもらってドキドキしたし、すごく緊張した。
サエが着席すると同時に、次の男子の自己紹介が始まった。

「山本さん？」
もう私の名前を覚えてしまっているようで、すごく驚いた。
流石《さすが》、西校に入学しているだけある。
こんな可愛いのに、頭もいいんだ。

それは、七瀬にも言えることなんだけど。
どちらもすごく努力している私にとったら、羨《うらや》ましいことだ。

「白戸からって珍しいね」
「う、うん。だから、私……友達いなくて」
「なら大丈夫だよ！　私、もう友達だし」
「え？」
「ほら、これで一人は確保できたでしょ？　このクラス、他に私の友達も数人いるし。みんないいヤツだよ。後で紹介してあげるよ」
「いいの？　初対面なのに……」
「まあそうなんだけど。どうせ、同じクラスだし。明日からは嫌ってくらい顔突き合わせるでしょ？　だから関係ないよ」
「あ、ありがとう!!」
「あはは！　思った通り可愛いひとだなあ。山本さんは」
「私なんか全然だよ！　北野さんの方が、ずっとずっと可愛いよ!!」
「あー。それやめてー。サエって呼んで。私もコハクって呼ぶから」
ニコニコと笑いながら、気さくに私に絡んでくれるサエを見ていたら。
なんだか、ミドリのことを思い出して。泣き出しそうになってしまった。

『私、実は地元の事務所入ってて。高校入学を機に本格的に芸能活動するんだあ』

『そ、そうなの？』
『うん。ここ、田舎だし。あんまり他の子にも言えなくて。でも、東京の事務所に入っていいって親も理解してくれたから。進路変えたの。みんなと離れるのは淋しいけど。やっぱりね。夢があるから』
恥ずかしそうに夢の話をしてくれたミドリは。
あの子らしく真っ直ぐに、東京へ行ってしまった。

「サエ、ちゃん？」
「うん。コハク。これから仲良くしてね」
「私も！　仲良くして欲しいっ！」
美人ってホント。気取らないし、優しいんだなあ。
私も、こんな風になりたい。
こんな風に思われたい。

自己紹介も終わり、今日はもう帰宅していいことになった。
サエから紹介されたのは、三人の女の子。
渡部《わたなべ》明日香《あすか》ちゃんに、近藤《こんどう》貴子《たかこ》ちゃん。泉《いずみ》花穂《かほ》ちゃん。
みんな可愛い女の子で、私なんかがいいのかなあって。
ちょっとだけ戸惑ってしまったけれど。
それぞれ、優しく声をかけてくれ。積極的に友達になってくれた。

「あ。じゃあさ。せっかくだからどっかでお茶しない？」
「いいねー。実はお腹《なか》すいてた！」
「駅前のプラスタ行こうか？」
「行こう行こう！」
クラスのみんなはとっくに帰ってしまっていて。
残っていたのは私達くらいだった。

友達ができたことで安心したのと同時に、羽柴くんへの罪悪感に似た感情が、私の胸をズキリと痛ませた。
西校に行っても仲良くしようって、約束したのに。
私は嘘《うそ》をついた。
でも、許せない。ごめん。羽柴くん。
私は、ワガママで心が狭い。自覚してる。
だからこそ、ミドリを傷つけた羽柴くんがまだ。
どうしても許せない。

誰もいない羽柴くんの席を振り返り。
私はサエ達と一緒に教室を後にした。

■アメレス■

『コハク。私、アイドルグループ入ることになっちゃった……』
夜、ミドリからかかってきた電話に衝撃を受ける。
「え？　ミドリって歌手目指してたんじゃないの？　アイドルと歌手って、なんか違くない？」
『そうなんだけど……。事務所の社長命令で。その方が、知名度も上がるし、歌手の仕事も来るぞって』
「あやしいなあ……」
『ねー。あやしいよね！　はあ。でも、社長命令だもん。仕方ないよ』
「ちなみにアイドルグループってどんなの？」
『……ロリポプの派生グループのやつ。まだ正式発表じゃないけど、ミントポップっていうの。他にもあるでしょ？　キャンディポップとか。ああいう感じ』
「ごめん……。なんか、ダメそうな感じする」
『そんなこと言わないでよー！　ＦＥＥＬと一緒になった時、情報教えないよ？』
「ごめんなさい売れるよきっと!!」
『コハクの嘘《うそ》つきー!!』
そうだった。
ミドリがアイドルになるということは、ＦＥＥＬと接点ができるということだ。
事務所は違うけど、ミドリの事務所もなかなかの大手だし。
これは期待していいのかもしれない。

「でもミドリがアイドルかあ。想像つかないなあ」
お風呂上がり。楽しみにしていたレモン味のアイスバー片手に携帯を持ち替えた。
『これでもダンスレッスンとボイトレは受けてたから、別にいいんだけど。でも大所帯ユニットってなんか嫌だなあ。ギスギスしてそうで……』
「ミドリなら大丈夫だよ。きっと」
『なにを根拠に⁉　嫌だよー。きっといじめられるよー』
めそめそと泣くミドリを大丈夫だと励《はげ》ます。
なんとなく。部屋の隅に置いてあるスタンドミラーに映った自分をちらりと見て、傷つかないように。でも傷ついてしまって。落胆する。
いいなあ。ミドリは。
リュウの近くに行ける権利を持てて。
私だって、もっと可愛かったら。
どうにかなったのかもしれない。

『コハク？』
「あ。ううん。ごめん。それで？」
『なによー。大丈夫だよ。リュウと仲良くなったら真っ先にコハクに紹介するからさ』
「あはは！　ありがとー」
そんな日は、こない。
期待しても無駄だって。
なんだか、そんな気がした。

リュウに、会いたい。
会うだけなら、ファンクラブオンリーの握手会で会える。
でも、そうじゃない。
それだけじゃ、満足できない。
違う。みんなと同じ扱いじゃ嫌。
私を見て欲しい。
ファンなんだけど、そうじゃなくて。
あの時、駅で会ったような。
近い立ち位置で、リュウに会いたい。

そう思ったら、胸がぎゅっとなって。
いても立ってもいられなくなって。

「ごめん。ミドリ、ちょっと電話するとこあって。またね」
『あ！　ごめんごめん!!』
「また連絡するね」
『うん！　話聞いてくれてありがとねー』
早々にミドリとの会話を中断して、花野ちゃんへとメールをした。

『久しぶり！　元気？　o(｀・ω・´)ゞ』

そんな感じの軽い内容で、メールを作成し。送信する。
もしかしたら、ほとぼりが冷めて。
リュウのことを話してくれるかもしれない。

けれど、メールは直ぐに返ってきた。
エラーメールで。
あいつ、卒業と同時にメアド変えた？
焦って電話したけれど、通じなかった。

関係、切られたなって。
直ぐに分かった。

落胆したのは、花野ちゃんとのことじゃない。
リュウへの繋《つな》がりが断ち切れたことに、ガッカリする。
けれど。
一人の姿が、私の脳裏《のうり》に浮かび上がり。
そちらへと心をシフトすることができた。

七瀬玲。あの子がいた。
大丈夫。リュウとの関係はまだ断ち切れてはいない。
かろうじて繋がっている。
まだ入学式初日だ。
明日からでも、少しずつ仲良くなっていけば。
全く、不自然じゃない。

少し釣り上がった。
でも、彼女の。
キラキラした瞳を思い出す。
果たして、仲良くなれるだろうか？

もう一度。鏡に映る自分の姿を確認する。
今度は、斜めからじゃなくて。
ちゃんと、しっかり直視する。

中学の時より、大分細くなったけど。
細いか？　と言われたら、そうでもない。
普通じゃない？　って言われるレベル。
所謂《いわゆる》、健康的な感じだ。
口角を上げて、にっこり笑う。
詐欺《さぎ》写メや奇跡の一枚の自分じゃなくて。
これがいつもの自分。百発百中の私。

目は大きく不自然に広げず。
普通にして、でも細めもせず。
誰からも好かれるような笑顔を。作ってみせた。
私は必死だ。だって、これしかないのだから。

愛嬌《あいきょう》だけは、あるし。
仏頂面《ぶっちょうづら》の美人には勝てるラインだと思う。
一目惚《ひとめぼ》れはされないかもしれないけど。
でも、私といたら。きっと好きになってもらえる。
そんな自分になら、なれそうだから。
なれるラインの自分を探して、見つけて。目標にして。
手が届いたら、次の自分の目標をまた見つける。
そうして、どんどん素敵になるんだ。

ただの自己満かもしれないけど。
ナル入っちゃってるのかもしれないけど。
鏡の中、人懐っこそうに微笑《ほほえ》んでいる私は。
今日見かけた七瀬より、魅力的に見えた。
あの子には笑顔がない。だから、勝てる。いける。大丈夫。
ただ、七瀬が。
私と同じスキルを持っていたら。勝ち目はないんだけど。
そうは思えないし。
とにかく、彼女と仲良くならなくては。
少しの敵愾心《てきがいしん》と。
計算と策略を巡らせて。
錯綜《さくそう》する心を見せないよう閉じ込めて。
明日も早いので寝ることにする。

電気を消して真っ暗にしたら。
完全に。鏡の中の私がいなくなってしまった。
消失した自分。
探しても、もういない。
だって偽りなんだもん。
当たり前だ。

でも、本当の私は。ここにいるんだよ。

□ □ □

最初の授業は、真面目にやる先生もいれば、自己紹介に徹《てっ》する先生もいたり。様々だった。
その代わり、課題はどっさり。
まあこんなものだろうなと。
事前情報で知ってた西校の知識を反芻《はんすう》する。
中学生専用ネットの地元の掲示板。
西校質問スレッド。
そこは個人情報を登録しないと閲覧《えつらん》できないサイトなせいか。
みんな真面目に答えてくれていて。
西校は課題がいっぱいだよ。とか。
授業を休むとついていけなくなる。とか。
総合試験により、次のクラスのランク付けが決まるだとか。

北校、東校のぬるさとは違った情報で満ち溢《あふ》れていた。
入学前から知り得た知識で、うんざりしていたし。
こんなの、予定調和だ。

後ろから観察するのは、羽柴くんと。七瀬。
聞いてるんだか聞いてないんだか。
今日の青空みたいな瞳で、ぼんやりと虚空を見つめている羽柴くん。
そこにいるはずなのに、そこじゃない何処《どこ》かを。

彼はいつも見ている。

その羽柴くんの隣の席の七瀬は、窓の隙間《すきま》から入る風が。彼女の髪をさらうのも気にせず。授業に集中していた。サラサラと流れる髪はとても綺麗で、私以外、見とれている男子も数名見受けられた。

はあと。溜め息をついて。
教室の左側を覆う窓を見る。
貼り付いたような青空が、窓本来の色を忘れそうなほど眩《まぶ》しい。
窓に直接に塗られたような青空は、いつか見た羽柴くんの絵を連想させた。

羽柴くんは、私に話しかけない。
だから、もちろん私も喋《しゃべ》りかけない。
ずっとこうやって、私達は。
卒業まで、しらんぷりの関係なのだろうか。

さらさらと。
風に揺れる七瀬の艶《つや》やかな黒髪を。
一瞬だけ羽柴くんの瞳が追っていたのを、私は見逃さなかった。

どうやら私は幸運な人間らしい。
お昼休みになり、さあ誰にどう声をかけようかと悩んでいたら。
サエが一緒にお昼ご飯を食べようと誘ってくれて。
まあそれは随分な大所帯で。
そこに、七瀬の姿があった。
花穂ちゃんが誘い込んだらしい。

全員照れ笑いから始まって。
みんなどこかの中学の優等生だったらしい、そんな態度で。
春の空のような。
凪《な》いだ海のような。
けど心地よいそんな初対面で。
和やかにお昼休みの時間がすぎる。

ぽつりぽつりと、遠慮がちに。
でも途切れさせることなく、小さな会話が続いていく。

「七瀬さん、同じ中学の人いないんだ」
「うん……」
人見知りしがちなタイプに見えなかったんだけどなあ。
でも、今日の前にいる七瀬は、誰とも目を合わせようとしない。
ちょっと人間嫌いな感じ。
せっかく美人さんなのにもったいない。

「じゃあコハクと同じだー！」
「えっと……あのね。サエちゃん。いないってことはないんだけど、女子の友達がいないだけなんだよ！」
「そうなの？　でもコハク、ぼっちだったじゃん」
「あ、あははー……。も――――！　サエちゃんの意地悪っ！　ああそうですよ！　ぼっちだよ‼　なによ！」
「まさかの逆ギレ！」
「ぷっ！」
あ。って、思った。
七瀬が笑った。
ちゃんと、笑えるんだ。
笑うと、やっぱり可愛い。
赤い花が咲いたみたい。
鮮烈で印象的な感じ。
七瀬は、赤色のイメージだ。

一番無表情だった七瀬が笑ったことによって。
みんなの空気が緩和していくのが分かる。

「コハクちゃん、可愛い」
「え？　私⁉」

「うん。可愛いねえ」

それは、七瀬の方なのに。
七瀬は私のことを、可愛いと褒《ほ》めた。
なんだか、変な気分。
私、あなたなんかより全然可愛くないのに。

って。泣き出してしまいそうなんだけど。
でも、この人に褒められることで。
今までの努力が報われたみたいな感じがして、嬉しかった。

「そんなことないよ！　わ、私なんて全然……」
「ねー。七瀬さんコハク、可愛いよね！　小さくってさあ」
「うんうん。可愛い」
「やぁーめーてぇー」
ガチの美人二人に可愛いって言われるの、自分のことを分かってるからこそ。ちょっとしんどい。
私が、卑屈すぎなのかもしれないけど。
圧倒的に可愛い子達に囲まれた環境にいたから。
自分の身の程くらい、分かる。

けど。
七瀬が、笑ってくれてよかった。
当初の目的を忘れてしまうくらい。
彼女が笑顔を見せてくれたことに安心する。

ダメだ。
リュウのこと、聞けない。
なんか、今はまだ聞いちゃいけない気がする。

「あのね！　七瀬さん」
「うん」
「ええと、その……私でよければ友達に、なってくれる？」

はっと、七瀬の大きな目が更に大きく見開かれて。
一瞬だけ、泣く前みたいな表情になった後。
なんだか、すごく優しい笑顔になった。

「私で、よければ。喜んで。よろしく、コハクちゃん」

これ。本当だから。
リュウとか関係なく、あなただから、私。
友達になりたいって思ったんだよ。
ズルしようと思って、近づこうとして。ごめんねって。
謝りたくなったけど。
言えないし。
ええとっ、ええとって。口籠《くちごも》ってたら。
他のみんなも「よろしく」って。
いつの間にか仲良しになっていて。

さっきから、意地悪な目線でしか見れなかった自分を反省した。
この学校に入学してよかったかもって。

初めて思えた、瞬間だった。

■ＦＥＥＬ■

『今回のゲストは、ＦＥＥＬのみなさんです』

今日の夕ご飯はお母さんお手製のハヤシライス。
それを食べながら、初のＦＥＥＬが出演する地上波番組『ミュージック・サテライト』を視聴する。
もちろん、録画もしている。
今日は新曲の『プラネット.F』のお披露目《ひろめ》でもある。
PVは見たことあったけど、テレビで歌うのを見るのはこれが初めてだ。
ＦＥＥＬのシングルCDは、これで二枚目になる。
一枚目の『海の青色　月の白色　空の水色』は、知る人ぞ知るみたいな曲で。最初はファンクラブ限定で売り出したものだったんだけど。あまりに人気がありすぎて、インディーズレーベルからすぐに大手のレーベルでリマスターされて新ジャケットで売り出された。
海の青色は、ＦＥＥＬのメンバー柳木慎太郎《やなぎしんたろう》のイメージカラーだ。
空の水色は山内理人《やまうちりひと》のイメージカラー。
そして、月の白色はリュウのイメージカラー。
私的にリュウは太陽って感じだから、あんまり月のイメージじゃないなって思った。
月もいいんだけど、もっと熱い。存在感がある赤色。
けど、チームの立ち位置では、リュウはどちらかと言うと天然キャラになってて。

あの日見た私のリュウとは、全然違うキャラになっていた。

でも、私。この歌けっこう好きなんだよね。
新曲もノリがよくていいんだけど。
自己紹介ソングと言うか。
それぞれを主張した歌詞が、三人のことを歌っているみたいで。
時々、自分でも口ずさむことがある。

『君なんか嫌いだ　なんて口に出すのは簡単
けど僕にとってそれは弾丸　青い空を打ち抜くほどの威力
それなら証明しましょう　君への想い　青い海より深い僕の心
白い「月が綺麗ですね」なんて　僕にはそんな遠回しな言葉より
君へ「好きだ」とありのままの心を言うよ

会いたいよ　（好きなんだ）　会いたいんだ　（好きなのに）
この言葉は　（この声は）　届いてる？　（君の元へ）

隠さないで分かってるんだ　君の気持ちは
終わらせないで　これから始めよう
あの日見た最初の空のように』

しっとりした曲だから、ゆっくりで退屈な感じを想像していたんだけど。聴けば聴くほど、どんどん好きになっていって。
私の心に。
羽みたい、ふんわり。

歌詞と音楽が落ちてきた。

最初、リュウ以外誰がどこを歌ってるなんて分からなかったけれど、今ならどのパートを、どのコーラスを誰が歌っているのか容易に分かるようになった。
切ないハイトーンボイスで、主にコーラスを歌っているのがリヒト。
ラップやリードボーカルがシン。
メインボーカルは、リュウだ。
はっきり言って一番上手《うま》いのはリヒトなんだけど。
リヒトもシンも、昔から芸能界にいて、レッスンを受けていたせいか。リュウに比べるとものすごく上手い。
だから、それもあって。
事務所がリュウを全面的に推しているのがこの曲を聴いてよくわかった。

どうせ歌うなら、この曲がいい。
メンバー紹介にもなるし、あの後、リュウがまたどんな風に上達したのかも気になる。
なにより、この曲のPVにはダンスがついてなくて。
全員オールホワイトな衣装で。
シンはラフなパーカーにチノパン、リヒトはジャケットにジーンズ。リュウはTシャツにサリエル。みんな真っ白で。
なんだか、新品の男の子達って感じだった。
ロケ地はどこかの海で。
青い空と海がとても綺麗。

白とブルーのコントラストが印象的だった。

海に腰まで浸かって歌うシン。
空をバックに歌うリヒト。
合成なのか、本当に出ていたのか。
真昼の白い月の下、歌うリュウ。

ラブソングだったから。
あと。初めての曲で一所懸命だったから？
どことなくみんな切なくて。
繰り返しPVを見る頃には、泣き出している私がいた。

「コハク。ご飯食べちゃいなさい。課題あるんでしょ？」
「うん。ごめんね。ＦＥＥＬ出るまでここにいたらダメかなあ。ね？　勉強頑張るから」
「しょうがないわねえ」
私がやると言ったら『やる』んだ。
結果はいつも出している。
そのお陰で、お母さんはダイニングにいることを許してくれた。
前のお母さんだったら、ぎゃんぎゃんわめくだけで。早く部屋に帰って課題をやれと怒っていたと思う。
親とはいえ、駆け引きは必要だ。
こんな親子関係って淋《さび》しいのかなあ。
他のお母さんは、何も言わなくても子供の気持ちを分かってくれるかもしれない。
でも、うちはそうじゃないし。

それでも、お母さんのこと。大好きだから。
穏便《おんびん》に円満にやっていくには、これしかないんだ。
まだ、どうにかできるだけ幸せなんだ。私は。

ゆっくりゆっくりハヤシライスをスプーンで口元に運びながら、テレビ画面を眺《なが》めた。

『ＦＥＥＬのリーダーのシンでーす！』
『リヒトです』
『あ、えーと。リュウです！』
わあ。リュウ、すっごい緊張してる。
他の二人は慣れているせいか、涼しそうな表情でいつも通りだけど。
大丈夫かな？　せっかくのテレビなのに。
リュウの素敵なとこ、出せればいいけど。

『三人は同じ雑誌のモデル出身らしいけど、どう？　歌ったり踊ったり、大変じゃない？』
『あ。大変じゃないです！』
ヘラッと、笑いながら。
トーク力があるシンが司会のアナウンサーに自然に絡んでいく。

『ふざけるな。大変じゃないのはお前だけだ、シン』
『え？　なんで？　リヒトとリュウは大変なの？』
『お前、後で楽屋な』
『え。なに？　リヒト怖い』

リヒトがツッコミキャラ。
シンがボケキャラ。
リュウは、天然キャラ……。
でもそれだと。
シンとキャラが被《かぶ》るし。
一番いらないポジションになってしまう気がする。
楽しみにしていたはずのＦＥＥＬが出る番組なのに。
リュウのことが心配で、胃が痛くなってくる。

『好きな食べ物とかあるの？』
『あ！　俺、豆が好きです！　豆菓子!!』
『おっ前！　シン!!　ちょっと黙ってろ!!』
『え？　なんでリヒトさっきから怒ってんの？　こええよ』
『豆はねーだろ!!　なんだ豆って!!　それでもアイドルか！』
『え、え？　なんで？　美味《おい》しいよ。五色豆とか！　ココア豆とか！』
『知らん!!』
『柿ピーにもピーナツ入ってるだろ？　つまりはそういうことだよ!!』
『なんなんだお前は!!』
『お前こそなんだ!!　うちの実家バカにすんな!!』
『へ、へえー。慎くんの実家、豆屋さんなの？』
『そーなんですよー！　俺んち、実家が創業170年の由緒《ゆいしょ》正しい豆菓子屋なんですよー！　柳木屋って知りませんか？　その道じゃけっこう有名なんですけど！　さっき言った五色豆とか江戸時代以降からあってー！』

『あ。もういいです。リヒトくんは何が好きなのかな？』
ほら。
シンに全部持っていかれた。
リヒトはシンと昔から仲がいいらしいから、どんな会話をふられてもついていけるけど。
リュウはセンターに座っているのに、どうしたらいいか分からない感じで。
ずっと緊張した面持ちのままだ。
お願い。リュウにも話をふってあげて。
この司会者、気が利かないなあ。

『俺ですか？　ジンジャーブレッドですね』
『ジンジャーブレッド？　それはどんなお菓子なのかな？』
『イギリスの昔ながらのお菓子なんですけど、好きなんです。特にワーズワースが晩年住んでいた湖水地方にあるお店のジンジャーブレッドが絶品で美味しいです』
『リヒトー！　お前、テレビだからってカッコつけてんじゃねーぞ！』
『カッコつけてねーよ！　ありのままに話してるよ俺は。お前みたいにいやらしく実家の宣伝なんかしてないし』
『はあああ？　俺は実家を愛してるんだよ‼　お前の実家はなにやってんだよ！　言ってみろよ』
『うちは代々医者だけど？』
やばい。
面白い、この二人。
だからこそ、リュウも話題に入れてあげて欲しい。

本当は、リュウ自身がぐいぐい会話に入ってこなきゃダメなんだろうけど。

『……リュウの実家はなに？』
流石《さすが》に、無視できなくなったのかなあ。
シンがやっとリュウを会話に入れてくれた。
それに、ぱあっと顔を明るくさせるリュウ。
『あ？　うちですか？　うちは普通のサラリーマンですよ』
『お前はいい子だな――――!!　リュウ――――!!』
『え？　なに？』
大仰《おおぎょう》にリュウを抱き締めて、仲良しグループアピを始めるシン。
だったら、最初からリュウも混ぜてあげて欲しいんだけどな。
そろそろ、トーク終わる頃じゃないの？
リュウの出番、なくなっちゃうよ。

『ちなみに、リュウくんさっきから全然喋《しゃべ》ってないけど、君の好きなものはなにかな？』
シンがリュウに抱きついたお陰で、やっと司会者がリュウの存在に気がついてくれる。
遅いし。なんで平等にメンバーを扱わないの？
せっかくの地上波初登場なのに。常連なワケじゃないのに。
ああもう。見ててイライラする。

『チョコレートケーキです。特に、近所のケーキ屋さんのが好きです』
これ、知ってた。

県内だけにあるチェーン店のケーキのことだ。
リュウがこのケーキを好きなこと、雑誌で知ってから。
ケーキはこればっかり食べている。
中にチャンクのチョコレートがたくさん入ってて、ざっくりと焼き上げてあって。カントリー風って言うの？　すごく美味しいんだ。

『いいなー！　リュウは誰かさんと違ってこまっしゃくれてなくて!!』
『……こまっしゃ？　え？　え？』
『意味なんて分からなくていいんだ！　お前はそのまんまでいてくれ、リュウ――――！』
もう尺がなくなって。
せっかくリュウにスポットが当てられたのに。
CMになってしまった。
そろそろ勉強しないと。
お母さんがさっきから、あからさまに私をチラ見してくる。
惰性《だせい》で食べていただけのハヤシライスはすっかり冷めきってしまっていて。
夕飯食べてますから的スタイルは、もう通じなくなってきている。
仕方なく、ハヤシライスを完食する。
と、同時に。
テレビ画面が番組の用意したステージへと切り替わった。
それで、トークが終わったことが分かり。ちょっとガッカリする。

もっとリュウの話を聞きたかったな。

『では、曲の方に参りましょう』
『今回のアルバムにも入ってる新曲です』
『スペシャルバージョンでお送りします！ 「プラネット.F」どうぞ！』

大仰な拍手の後。
しんと静まり返る真っ暗闇のステージ。
あちこちにぽつりぽつりと施された電飾が星を模《も》しているのか、綺麗だったけど、安っぽいステージだなって思った。
新曲『プラネット.F』を表しているんだろうけど。
もっとお金をかけて欲しかった。

それでも。
だとしても。
流れ出した音楽と共にアップになったリュウの笑顔にやられてしまった。
ステージが安っぽいとか、どうでもいい。
もう。リュウがかっこよすぎて。それどころじゃない。
リュウがそこにいるだけでいい。
胸が痛い。
大好きで、歌っている姿にきゅんきゅんしてしまう。
なんでそんな綺麗な顔をしているの？
どうしてそんなに手足が長いの？
ああもう、大好き。

後ろでお母さんが何か言い出したけど。知らない。
耳に入ってこない。
聴こえるのは、ＦＥＥＬの歌声だけ。

『好きだよ　離れていても』
『いつだって空を見れば輝く星が僕にリンクしているから』
『いつだって傍にいるから』
『プラネット.F』

『届けこの光　君が好きだ』

届いてるよ。
私のところに。
あまねく、降り注ぐ光は。
太陽みたいな、ジリジリしたものじゃなく。
優しい星の光だ。
誰でも平等に。
夜に輝く星の光。それは、色んな形や色があって。
それこそ、数えきれないくらい。
ＦＥＥＬは、そんなアイドルで。
そして、私にとって。その中の一番星が。

リュウなんだ。

夕飯を食べ終え、部屋に戻る。
もちろん、課題なんてしない。

そんなの、行き帰りの電車の中で手際よく終わらせている。
まだ四月だもん。
先生もそこまで難しい課題は渡してこないし。

机に向かい、PCに手を伸ばす。
指先が触れた瞬間、ふんわりとした明かりと同時にモニターに壁紙のリュウの姿が映る。

さっき見たテレビを、誰かと分かち合いたくて。
いつもの専ブラを立ち上げ。
コアなＦＥＥＬのファンが集《つど》う、地下掲示板のURLをクリックする。

『リュウの出番少なかったね』
『あれ故意じゃない？　シンってリュウのこと嫌いだよねw』
『最初決まってたのタカヤだしウザイんだろうね』
『シンの実家って地元で有名らしいよ。シンも性格かなり悪いってさ』
『リュウ空気w　あいついらなくね？』

どこからどこまで本当なのか、分からない情報。
それでも、青い光を放つモニターから溢《あふ》れ出るＦＥＥＬの話題は楽しくて。もちろん、不愉快なレスもあるんだけど。
私はものすごくリュウが好きだから。
これを友達に全てぶつけてしまったら、ウザがられるの分かるから。

この居場所がちょうどいい。
好きで好きで好きで。
本人は、近くて遠い存在で。
伝えることもできなくて。
どこにこの想いを叫べばいいのか分からないので。

世界のどこかにいる、私と同じ気持ちの人だけが集まるスレッドに常駐するのが習慣になっていた。

スレが更新される度、画面が動く様はまるで波だ。
部屋に電気をつけるのが嫌で。
PCの明かりだけつけておくのが好き。
全部部屋が見えると、嫌いな現実を見ることになるから。
カタカタとキーボードを鳴らす。
揺れる青みがかった光がウェイブみたい、部屋の中をゆらゆら揺らす。

そこに、私は身を委《ゆだ》ねる。
夜空のようでもあり、深海のようでもあるディープ。

今夜もこの場所は、居心地がよい。

□ □ □

桜も大体散った頃。
私達は昼休みになると、なんとなく集まってお弁当を食べていた。
来る者を拒まず、去る者を追わず。
そんな感じで、気づいたら常時十名くらいいる大所帯になってしまった。
それでも、みんなとお弁当を食べる時間は。
日々、勉強だらけのこの学校での楽しみの一つになっていた。

いつも通りサエの隣に座る。
けど、気になるのは七瀬。
今日の七瀬、眼鏡なんだ。
せっかく綺麗なのに、もったいない。
どうしたんだろう。視力、落ちたとか？

「ねえねえ。昨日のミュージック・サテライト見た？」
「見た見た」
急なサエの発言に、ドキッとする。
昨日の、ミュージック・サテライト。みんな見てたんだ。
普段、アイドル番組の話題なんかしたことなかったのに。
これ、実は隠してました系なのかな？
リュウを大好きなことを隠しつつ、周囲を観察する。

「なんかいい曲あった？」

「あれ？　サエちゃん見てないの？」
「私、そんな余裕ないもん。塾行ってた」
「ふーん。あのね、ＦＥＥＬが出てたよ」
「ああ。知ってる。カッコイイよね」
「ごめん。私知らないわ」
「私も」
「アイドル系興味ない。こっち洋楽派」
「私、サブカル」
どれが本当のことで、どれが嘘《うそ》なんだろう。
みんな、隠してるよね？
明らかに、目が泳いでいる子が数名いる。
きっと、私もそのうちの一人だ。

ここ、名門の西校だし。
堂々と言える雰囲気じゃないのも、分かる。
だけど、いたらいいな。
私と同じくらい、ＦＥＥＬが好きな子。

「あれじゃん？　モデル雑誌出身のグループ。理人と慎太郎だっけ？」
「リヒトなら知ってる」
「ああ。名前聞いて理解した。それで？」
上っ面な会話なのがバレバレだ。
興味がなかったら、こんなに話は続かない。
ドキドキわくわくしながら、そろそろと様子をうかがう。

「なかなか面白かったよ。トークとか」
「トークかよ。曲は？」
曲だっていいよ！
って、反発したくなって。
ついに私も会話に参戦する。
わざとらしくなく。かと言って、嘘っぽくなく。自然な感じを装う。

「うーん。私は好きだけど、人それぞれじゃないかな？　でも、すっごくいいよ！　元気出るって感じ!!」
「ふうん。コハクが言うなら、今度聴いてみるわ」
サエが笑顔で返してくれた。
オススメなら聴いてみるよって感じ。
この反応は、本当に今までＦＥＥＬのこと知らなかったんだなあ。
よし決めた。サエを、ＦＥＥＬへハマらせよう。
そしていつか、一緒にライブに行くんだ。
もっとＦＥＥＬのことを話したい。
そう思っていたんだけど、お昼休みもそろそろ終わりに近づいていく。
みんなの話題も、それにつれて次の授業の話に切り替わる。
……つまんないの。

「ねえ。誰か次の時間の和訳してない？」
「してあるよ。なに？　どうしたの？」
「答え合わせしてもいい？　自分の解答にイマイチ自信なくっ

て」
「いいよ。あれでしょ？　35ページの15行目の意訳」
「そう。あれってスラング？　辞書に載ってなくね？」
「私も分からなかったよ。やばいよね。今日の英語、当てられたくないわ」
「つか、あんなん国立の入試問題に出ないよね」
「私大なら出るかもよ。マニアックだから」
「うぜー」
どんな話をしても。まあ大抵、勉強の話に帰結する。
そりゃそうだ。
勉強したくてみんな、西校に来たんだから。
ちょっと残念に思いながらも。
無表情でサンドイッチを食べる七瀬に。
なんだか悪戯《いたずら》がしたくなった。
知ってるくせに。
私なんかより、誰よりも。
ＦＥＥＬのこと、リュウのことを知っているのに。
知らないフリをするんだ。
分かるけど、でも。なんか。
ちょっとだけ、悔《くや》しい。

「七瀬さんは？　ＦＥＥＬ知ってる？」
ニコニコと、あえて悪気なく。笑顔で話しかける。
ピクリと、サンドイッチを食べていた手が止まる。

「知ってるけど、興味ない」

「あはは。そうだよねえ」
そう言うしか、ないよね。
ごめんね。でも、聞きたくなったんだ。

「なに？　コハクちゃん、好きなの？」

まさか、質問を返されるとは思ってなくて。
七瀬の不思議そうな顔にこっちがビックリしてしまう。
全てを見透かされそうな、綺麗な瞳が怖い。
逆に、眼鏡をしてくれててよかった。
その硝子《ガラス》の隔たりがなければ、危うく自白しかけていた。
全部、知ってるよって。

「え？　あ、うん。昨日、テレビ見てたら好きになったの」
我ながら、嘘くさい。
ものすごく慌《あわ》ててしまう。
うわあ。バレたらどうしよう。
ドキドキしすぎて、上目遣いになってしまう。

「そうなんだ。ちなみに誰が好きなの？」
「えっと……」
ここで、流石《さすが》に嘘はつけなかった。
だって、私。
リュウのこと、本当に。本気で。好きなんだもん。

「リュウくん……かな？」

「へ？」
「そ、そんな驚いちゃう？」
そりゃ、驚くよね。
自分の幼馴染《おさななじみ》のファンなんだもん。
しかも、このグループで誰もリュウの話題なんかしてなかったし。

「え？　ああ。ごめん。私の周りでリュウのファンいないから。うちのお母さんなんて、リヒトが好きだし」
「ああー！　分かるー！　リヒトくんってお母さん受けしそうだよね」
「なんか金持ちそうだしね。あの人だけでしょ？　修星館じゃないの。一人だけＫ大の付属高校らしいよ」
あー。七瀬、それ知ってるのコアなファンだけだよ。
つい、言っちゃったんだな。
リュウのファンだって言ったら。
七瀬、すごく嬉しそうな顔してるんだもん。
気が緩《ゆる》んだんだろうな。

「えっ！　そうなの？　七瀬さん、よく知ってるね」
自分でも流石にわざとらしいなあって思う。
嘘つくのって、案外難しいんだ。
自分を偽るのって、大変だなあ。

「あ、あはは……。友達にＦＥＥＬのファンがいるから、詳しくなっちゃって……」

自分でも、しまった！　と思ったんだろう。
しどろもどろになった七瀬は。もぐもぐもぐ！　っとサンドイッチを素早く食べて、ペットボトルのお茶を一気飲みして。
そそくさと自分の席へ立ち去ってしまった。

「……七瀬さん」
「どうしたの？　コハク。そろそろ席戻ろうよ」
「う、うん」
七瀬は、リュウのことどう思ってるんだろう。
あんなに喜ぶってことは、リュウのことを応援しているんだよね？

嫌な予感が頭を過《よぎ》る。
まさか。七瀬。

リュウのこと、好きだったりしないよね。

私の考えを遮《さえぎ》るように。
お昼休みの終了の鐘が鳴る。

私の座席から見える七瀬の背中からは、なんの感情も読み取ることができなかった。

■羽柴 紘■

六限目は美術の時間だった。
これだけは、私に取って息抜きの授業だって言ってもいいくらい。大好きな授業。
朝から美術の時間になるのを、心待ちにしていた。

目の前にあるのは、丸テーブルに置かれた果物とガラス瓶。そしてなぜか金魚の貯金箱。
それを大人数でぐるっと囲んでデッサンする。
デッサンは大好きだし、先生は自由にやっていいと言うし。楽しくて仕方ない。
さあ描くぞって、カルトンを持ち上げて鉛筆を構える。
私の好みなんだけど、デッサンの時の鉛筆はあえて３Ｂ一本に決めている。握力のない私にはこの濃さが一番描きやすいし。自分の求める濃淡が出せるんだ。
色んな鉛筆の濃さで描き分けるのがいいのだろうけど。
結局、3Bに落ち着いてしまう。

目の前の静物に集中していた時だった。
突然。

「わ！」

って、大きな声が左からして。
思わずビクッとなったせいで。

デッサン用に、ナイフで鉛筆の芯を長く削り出した先が、ポキリと折れてしまった。
授業中にふざけるなんて、誰だ⁉
と、隣を睨《にら》んだら。

七瀬と羽柴くんが笑い合っていた。

「あはは！　はーしば！　寝たらダメじゃん」
「あー。……びっくりした。七瀬さんか。おはよ」
目をパチパチ瞬《まばた》かせた羽柴くんは、仕方ないなあって感じで。
七瀬を見つめる表情が、彼にしては柔らかい。
それで、気づいた。
あー……。

羽柴くん。七瀬のこと、好きなのかな。
一気に、謎の喪失感に包まれる。
胸は別に、痛くない。
ただ。何か大事なものが抜け落ちて行く感覚がするだけ。

「寝かせてよ。眠いんだよ……おやすみ」
「いやいやいや。なんでよ。寝るなし」
「だって、なんにもすることないし。今は寝ていたいんだ」
「することあるでしょー！　絵、描きなよ」
「描いたよ」
「またまた。そんな短時間で描けるわけが」
「描いたよ？　前の時間に終わったよ」

だろうなあ。
羽柴くんなら、もうとっくに終わらせてると思った。
七瀬とのやり取りを、遠巻きにぼんやり眺《なが》めながら。
なんとも言えない喪失感と、突然の息苦しさに襲われて。
もう、なにもしたくなくなった。
絵も、すっかり描く気が失《う》せてしまった。

「……なに、これ」
羽柴くんの緻密《ちみつ》なデッサンを見て。
七瀬が驚愕《きょうがく》している。
なんだか、すごく。それが。嫌で仕方なかった。

「うーん。まだ描き足りなかった？　そうなんだよね。まだ僕の色って引き延ばせる気がするんだよね」
「白と黒だけの鉛筆画に色なんてなくない？」
「え？　そこを言ってるんじゃなくて？」
「言ってない！　あんた、なんの話をしてんのよ」
「ふうん。でも、モノクロだからこそ色を自由自在に出せるんだよ。赤は赤の明度があるし、青は青の明度がある」
羽柴くんの言葉に、はてな顔をする七瀬にイラっとくる。
分からないなら、初めから聞かなければいいのに。

「あー……。うん、ごめん。寝ていいよ」
「うん。おやすみ」
「……おやすみ」
「ぐー……」

毒気を抜かれてしまったのか。なにがなんだか分からないという感じで。呆《ほ》けている七瀬に、思わず声をかけてしまう。
なんか、誤解されたくなくて。
羽柴くんの才能を。
この人はすごい人なんだよって。
きちんと説明したくなった。

「あはは。羽柴くんの絵、すごいよね」
「え。うん。このひと、何者？」
授業中なのにすうすう眠る羽柴くんを、中学の時から変わらないなあと。ちょっとだけ懐かしくなる。
もう、私話せないけど。
なんだかその分、七瀬に話したくなった。
羽柴くんのことを。

「私、羽柴くんと同じ中学だったから知ってるんだけど。彼、白鹿賞《はくじかしょう》の最年少入賞記録保持者だよ」
「はあ⁉」
白鹿賞の名前を出したら、七瀬がのけぞるように驚いた。
有名な絵の賞だから、知ってるとは思ってたけど。
本当は、もっとたくさん。
羽柴くんは賞をいっぱい取っている。白鹿賞は、ほんのごく一部だ。
でも、自分のことじゃないから。
あえてそこまでは口にしなかった。

「コハクちゃん、それホント⁉」
「うん。美術ってさ、ほら。スポーツほど騒がないでしょ？　新聞にも載ったんだけどね。羽柴くん、すごいから。美術部期待の星だったんだよ」
「なんで羽柴って西校に入学したの？　そんだけの実績があるなら、美術専門の高校に推薦《すいせん》で行けたんじゃない？」
「あー。なんかね。美大は目指してないんだって」
「えええええ？　目指せばいいのに」
「不況だからねえ」
「納得した」
「ふふ」
なんだか、ちょっとだけ優越感。
私の方が、羽柴くんのことよく知ってるんだよーって。
なんだろう、コレ。
なんだろう、嫌な感じ。
私って、性格悪い。

「でも不況って罪だね。才能ある人間を潰してる。不況じゃなければ好きなことできたかもしれないのに」
七瀬が、苦笑気味に寝ている羽柴くんを見下ろした時。
伏せられた羽柴くんの。長い睫毛《まつげ》に縁取られた目蓋《まぶた》が開いた。

「そうでもないよ」
今まで死んだように寝ていたのが嘘《うそ》のよう。
ハキハキした口調で、むくりと起き上がる羽柴くん。
狸《たぬき》寝入りじゃない。

この人は、いつもそうなのだ。
眠い時は全力で寝る。
でも、起きたと言うことは。
完全に覚醒《かくせい》していると言うことで。

「は、羽柴くん⁉」
「お、おはよう。羽柴」
「わ、私行くね！」
どこまで、聞かれただろう。
余計なことを言ったのは自覚している。
だって、あえて言ったんだもん。
言わずにはいられなかったんだもん。

もう今日は何も描かない。
知らない。後悔もしていない。
私は、なんだか嫌だっただけだ。

「あらー。コハク、どしたー？」
「うん。今日はもうやる気なくなっちゃった」
「そうなの？　コハクらしくないねー。あー、じゃあさ。私に絵の描き方、教えてよ」
「無理ー」
「ひどい」
「あはは」
隅っこで遊びながらデッサンしてたサエにじゃれつきながら。
遠くから、七瀬達を覗《のぞ》き見た。

楽しそうになにかを言い合っている二人が。
嫌な感情を通り越して、哀しくなった。

あそこはね。
昔、私がいた場所なんだよ。
って。今更、懐かしくなった。
惜しくなった。

でも、戻れない。
自業自得なんだけど。

七瀬はいいな。

羽柴くんとリュウ。
どちらの隣にもいられる場所があって。

私には、誰かの隣に立つ場所なんてない。

「コハク？」
「あ。ごめん……」
「ううん。そろそろ片付けようよ。授業終わるし、教室戻ろう」
「うん！」
私は、羽柴くんのことが好きだったんだろうか？
違う。そうじゃないんだ。

『その人の子供ができたら、産める？』

いつかの質問を思い出す。
あの質問は、乱暴な極論かもしれないけど。
そう考えると、これは恋じゃない。リュウが好きなのとは、違う。
だって、私。羽柴くんの子供は、産めない。
決断できない。
でも、リュウは違う。

「ねえ、サエちゃん」
「なにー？」
画材を一緒に片付けて、肩を並べて一緒に教室へ戻るサエに。
思い切って質問する。

「好きなひと、いる？」
「え。突然なに？」
「私はいるよー」
「へえ。誰？」
「ＦＥＥＬのリュウくん！」
「……ああそう」
本気の恋なのに。
そんながっかりした顔をされると、なんだか傷つくなあ。

「本当に好きなんだよ」

「そうだね。いいんじゃない」
「リュウの子供産めちゃうほどに！」
「ごめん。コハク。ひくわ」
「なんで⁉」
やっぱりダメだ。
真剣に話しても、相手は芸能人だから。
相手にされない。
でも、いいんだ。
分かりきっている反応をしてくれたサエが、私はむしろ好きだ。
なんと言うか、私の地軸になってくれていると言うか。
私を、元の私に引き戻してくれる。
引力のような存在。

「サエちゃん」
「なに？」
「好きだよ」
「うん。私も好きだよ」
「いたたたた！」
「ふふふ」
髪をぐしゃぐしゃにされるくらい頭を撫《な》でられた。

私達の後ろを、仲良く話しながら歩く七瀬と羽柴くんの声が聞こえるから。
私は、それを振り切って。
サエと仲良しなんだって。今すごく楽しいんだって。
誰も見てないけど、見せつけるようにして。

不安定な気持ちを誤魔化《ごまか》した。

これは、恋じゃない。
嫉妬《しっと》だ。
七瀬に対する。私の劣等感から来る醜《みにく》い嫉妬心。
認めてしまうと、苦しいけれど。
さっきより少しだけ、楽になった。

「コハク。今日、帰りプラスタ行かない？」
あんまり私がサエに纏《まと》わりつくから。
なにか、色々と察してくれたのかなあ。
きっと私がなにを考えているか分からない代わりに。
サエは私を甘やかしてくれる。
それが、ミドリと重なって。
「うん！　行く！」

ミドリがいて、羽柴くんがいて。花野ちゃんがいて。

戻りたいとは、今更思わないけれど。
急に、あの日々が懐かしくなった。

■inclusion■

四月が終わり、五月になる。
これと言って、日々の生活は変わりはない。
あえて言えば、風の匂いが変わったくらいかな。
桜の甘ったるい香りは完全になくなって。
新緑の爽《さわ》やかな香りが満ちている。
五月の半ばにもなれば、それはむせ返るほどになるだろう。

リュウのことは。
なにも進展しないまま。
ただ毎晩、ＦＥＥＬ専用掲示板を閲覧《えつらん》するだけの夜を過ごす。
四月の下旬に出た私の成績は、お母さんを満足させる結果だったようで。
西校に受かったことが決定打だったのかもしれないけど。
最近、お母さんがよく笑うようになったと思う。

これでよかったのかって問われたら。分からないけれど。
西校合格は、私の人生の大きな分岐点だったような気がする。

『はーい。ではゲストのＦＥＥＬには、これから心理テストをやってもらいます！』

今夜もそう。
ＦＥＥＬの出演する番組を見ながら夕飯を食べる。
本日の夕飯のメニューはコロッケ。

総菜じゃない。お母さん手作りの、あえて潰しきれてないジャガイモを残した、ほくほくカリカリのコロッケだ。

『体で』
繊細《せんさい》で大人っぽい理人の声。
『心で』
元気のあるリュウの優しい声。
『君の全部で』
ちょっと掠《かす》れた慎の囁《ささや》き声。
『感じてＦＥＥＬ』
重なる三人の声が流れる。
いつもの決め台詞《ぜりふ》だ。
もはやこれがネタと化しているくらい。
少しずつＦＥＥＬは認知され始めている。
最初の心配が嘘《うそ》のようだ。
多分、きっと。
この調子が続いたら、今にもっともっと知名度が上がるだろう。

勝手なものだ。
売れればいいのにって、応援していたのに。
それはそれで、淋《さび》しいから嫌だなあ。なんて。

行儀悪く、箸でコロッケをぐさりと刺して。
ＦＥＥＬ出演のバラエティ番組を、ながらで視聴する。
お母さんは何も言わない。
ただ、機嫌よく。

テーブルの向こう側で。
最近始めた羊毛フェルトで人形を作っている。

『はい。では一つ目の問題です。あなたの愛する人が、健康に悪いことをしていました。あなたはなんと言って、やめさせますか？』
『健康によくないって』
『なんだろね？』
『……豆の食い過ぎ？』
『豆から離れろよお前は!!』
『だって大好きなんだもの』
『バカじゃねーの』
『じゃあリヒトはなんだと思うワケ？』
『○○○(ピ―――)？』
『おい！　ちょっと今この人ズバリ、ヤバイこと言いましたよ!!』
『だってそうじゃん』
『……あはは、は』

健康によくないことかあ。
うちのお父さんみたい。
煙草にお酒かな。
でも、最近は。
お母さんの機嫌がよくなるにつれ。
相乗効果なのか、お父さんの飲酒量も大分少なくなったように思う。

『A、B、Cの解答の中からお選び下さい』
『A「お願いだから、あなたのためだからやめてくれ」と懇願《こんがん》する』
『B「そんなことしてたら死ぬよ」と脅《おど》す』
『C「こういう研究結果があるよ」とデータで示す』

ふうん。
私だったら、Aかなあ。
自分の言葉で、自分の気持ちを伝えたいから。

「お母さんは、Cかなあ」
今まで黙っていたお母さんが、突然口を開いた。
「あ。見てたんだ」
「見てたわよ。この子達、元気でいいわねえ」
「……そうだね」
「コハクちゃんは、どの子が好きなの？」
「この、青いパーカーを着てる人だよ」
「そうなの？　お母さんと同じね」
「お母さんも？」
「そうよ。だって、この子、とてもいい子そうだもの」
お母さん、いい目してる。
てっきり、お母さんはリヒトを選ぶと思ったのに。
意外な母との共通点に、ちょっとだけ照れてしまう。

『俺はＣかなあ』
シンがＣと書かれたフリップボードを掲げる。

「お母さんと同じ解答だね」
「そうね。結果が気になるわ。コハクちゃんはどれにしたの？」
「Ａだよ」
「そうなの。コハクちゃんらしいわね」
「そっかなあ」
「そうよ。あなたは、優しい子だから」
私は優しくなんか、ないよ。
意地悪なことばっかり考えてる。
最近、自己嫌悪に陥ってばかりなんだよ。お母さん。
私ね。自分で思ったより、すごく性格悪いみたいで。
七瀬への嫉妬《しっと》が止められないんだ。
止めたくてもね。止められないの。

『お。シンくんはＣを選びましたね』
『はい。直接言うより、諭《さと》したいって言うか』
『つまり、直接手は下したくない、と』
『うるせーよ』
リヒトがシンにツッコミを入れる。
もはや、定番の関係だ。
リュウは黙って、真ん中でニコニコしている。
それが、なんだか。
自分を見てるようで。歯痒《はがゆ》い。

『リヒトくんはどれを選んだのかな？』
『そうだな……。俺は、Ｂかな』
『あははは！　リヒトらしいー！』
『うるさい。笑うな。こういうのは相手にはっきり言ってやるべきなんだ』
『リヒトくん、カッコイイ！』
『え。嘘』
『ふふん』
ＣがシンＢがリヒト。
と、言うことは。

『続いて、リュウくん』
『はい！　俺はＡです』
『うん。リュウらしい』
『リュウらしいな』
『なんで⁉』
私、リュウと同じ解答を選んだんだ！
なんか、すっごく嬉しい。
好きな人と同じって、こんなに嬉しいんだ。

「まあ。この子、コハクちゃんと同じ解答ね。やっぱり、お母さんの思った通り。コハクちゃんみたい、いい子なんだわ」
それは、どうかと思うけれど。
でも、色んなインタビューや記事を見る度。
リュウはいい人なんだろうなって、伝わってくるから。

話したことはないけれど、いい子っていうのは。
当たっている気がする。

『それでは診断結果に移りまーす。実はこの問題「他人を操ろうとするタイプか、操られるタイプ」かどうかを診断する問題だったんですね』
『はあ⁉　マジかよー。操るタイプってリヒトじゃね？』
『シン、お前。後で楽屋な』
『もう楽屋はやめて――‼　楽屋が校舎裏みたいになっとる‼』
『うるさい』
人を、操る……。
なんだか、嫌な問題だ。
チラリと。お母さんを見る。
もう、お母さんの視線は。手元の作りかけのウサギへ移っていた。

『ではまず、最初にＡを選んだリュウくん！』
『は、はい！』
『Ａを選んだあなたは、愛する人のためには低姿勢になれる人。自分のことより他人を満たすことを優先し、人の為に尽くす人間です。しかし。献身的、愛情深い外面の下には、自分に感謝をするよう見返りを求めるところがあります。そうして、相手の気持ちを自分の思い通りに操ろうとするタイプです』
ドキッとした。
当たってるなって、自分でも思う。

私の愛情には、見返りを期待しているところがある。
愛したら愛されたい。
それは、無償の愛じゃない。

『うっわ。リュウ、こえー』
『人畜無害な顔をして、危うく騙《だま》されるところだったな』
『シンくん、リヒトくん！　違う――！』
『あははは！』
番組内が、やらせっぽい笑い声で包まれる。
それが、私には。逆に無味乾燥に思えた。

リュウは、誰の愛を必要としているのだろう？
今、誰かに。恋をしているんだろうか。

『次。Ｂを選んだリヒトくん』
『はい』
『リヒトの結果、ヤバそう……』
『うるさい。豆でも食ってろ』
『Ｂを選んだあなたは、相手のためを思って行動する人。そこには強い愛情があります。けれど、残念ながらそのやり方では、人はあなたの思い通りには動かないでしょう。そんなあなたは人を操ることができない人。特に、自分に媚《こ》びてくる人間には注意が必要です』
『な⁉』
『えっ！　リヒト、案外いいひと？』
『案外とはなんだ案外とは』

『ひたた！　顔はやめてほっぺをつねらないで!!』
『シンくん。リヒトくん、いい人だよ。こないだだって、俺が今回のダンス上手《うま》くできなくて、できるまで残されて落ち込んでたら。さりげなくドリンク置いてあったり……』
『リュウ！　あ、あれはお前が頑張ってたから……』
これは、知ってた。
リヒトはファンに優しい、とか。
仲間想いだって、ネットでも囁かれてたし。
常日頃のきついツッコミは、ＦＥＥＬを売り込むためのアピールなんだって。よく見れば分かることだ。
この中で一番気を遣っているのは、間違いなくリヒトだろう。

『では、Ｃを選んだシンくん』
『ぁあああああーす！』
『シンくんすごい気合いですね』
『シン、うるさい』
『なんだよ！　リヒト、心の奥底に眠る俺の知らない自分を受け止めるための儀式なんだよ儀式！』
『分かったから、もう黙れ。司会の奥村さんが俺らの扱いに困ってるだろ』
『あ、あははははは……』
チラッと、お母さんがテレビを見るのが分かった。
気がつけば、コロッケは完食していて。
お皿の上は空になっていた。
「コハクちゃん。お茶でもいれようか？」
「え。ううん。いいよ。お母さんは座ってなよ。私がいれるよ」
「そうお？　いいのよ。お母さんがいれるわよ」
立ち上がって、キッチンへと行ってしまったお母さん。
心理テストの結果、気にならないのかな。

『Ｃを選んだあなたは、どちらでもないタイプです。感情をまじえず事実をつきつけ、後の判断は本人がすればいいとクールにかまえているのでしょう。他人の感情に深入りせず、自分の気持ちを押し付けません。感情的な駆け引きをしないので、人を操ることもなく、また人に操られることもないでしょう』
『おおー！　さすがリーダー』
『よしキタコレ！　やっぱ俺すげ―――！』
『ただし』
『……ただし？』
『人の気持ちを考えず、事実だけを伝えることがあるので、人に恨まれることがあります』

ああ。
そうだ。分かる。
お母さん、そういう残酷なとこある。
自分でつきつけといて、私に選ばせている。
強制的に。

『……シン。まさにお前だな。俺も心当たりがいくつかある』
『え？　ちょっと、リヒトさん⁉　なに？　俺のこと恨んでるの？』

『…………』
『黙ってないでなんとか言えよリヒト――――!!』

なんか。この番組、面白いのかな？
私、見ててすごく疲れる。
一応、録画したけど。
これ以上見るのやめようかな。
そう思った瞬間。お母さんがいれたての緑茶とお菓子を持ってダイニングに戻ってきた。
部屋に帰るタイミングを失ってしまう。

『はい。それでは次の質問に参ります』
『リヒト――――！』
『分かったから、分かったから。シン、番組の進行に合わせろ。お前、後で楽屋な』
『また楽屋⁉』
コポコポと急須から湯のみに熱々の緑茶が注がれる。
その香ばしいお茶の匂いに、大分心が落ち着いて来る。
たかが心理テストに、なにを動揺してるんだ私。
こんなの、当てにならない朝の星占いみたいなものじゃないか。

『第二問。……ああ。この問題はファンの女の子が喜びそうですね』
『なになに？』
『なんだろうね』
『ＦＥＥＬの三人に質問です。恋人同士の会話を思い浮かべてください。喧嘩をしている二人、ささいなことでお互いの想いが行き違いになりました。そんな時、あなたなら恋人にどう伝えますか？　次の答えの中からお選び下さい』
『うわ！　俺、恋愛系苦手なんだよな』
『ふーん』
『シンくん、そうなんだ』
『なんだよお前ら!!　アイドルならそこは否定しろよ!!』
『いや。いい年して可哀想な子だと思って。豆ばっか食うとこうなるんだな……』
『リヒト――――――――!!』
恋愛なんて内容の心理テスト、親と見るなんてなんか気まずいな。
でも、出されたお茶はとても熱くて。
とてもじゃないけど一気に飲み干すなんてことできない。
お菓子だって用意されている。
あまり好きじゃないんだけど、好き認定されてしまっているかりんとうだ。
私、いつこのお菓子好きって言ったっけ。
どうしてお母さんは、私の好きなものを覚えてくれないんだろう。誤認ばかりするんだろう。

お茶もいらない。お菓子もいらない。
一人にして欲しい。気が狂いそうだ。

『A.ひとりにして』
『B.もっと一緒にいて欲しい』

『C.信じて欲しい』
『D.束縛《そくばく》しないで』
『E.責任を取って欲しい』
『さあ！　ＦＥＥＬの解答はいかに⁉』
アナウンサーが煽《あお》ると同時に、カメラが一人一人を映し出す。
まずは、シンから。

『……もっと、一緒にいて欲しい』
切なげな表情のシン。

次にリヒトがアップになる。
『信じて、欲しい』

最後に、リュウが映された。

『ひとりにしてあげたい。です……』

ああ。そうなの。
私、ひとりにして欲しいの。
それは。その言葉は。
私が一番、欲しかった言葉だ。

「コハクちゃん……？」
「え？」
「あなた、どうしたの？　泣いてるの？」
「え？　泣いてる？　そんなことな……」

ポロリ、と。
確かに、私の目から。雨の雫《しずく》のよう。
涙が零《こぼ》れた。

『うわ！　リュウらしくねえー！　冷たい！　こういう時はなー！　女の子はなにか言葉が欲しいんだよ！　な、理人？』
『上辺だけの言葉なら、逆に不必要な場合もあるけどな』
『はあ⁉　「信じて、ほしい」って、こーんな顔で言ってたヤツは誰だよ⁉　ああん⁉』
『好きな子に対してだろ？　俺は、言うべき時は言うよ』
『あああああああああん⁉』
今は、テレビから流れるこのうるささに感謝したい。
嫌な空気を払拭《ふっしょく》してくれるから。

「あの、目がね。疲れてるんだと思う。このところ、勉強のしすぎだったし」
「そうなの？　お母さん、心配だわ。ねえ、コハクちゃん。今日はもう寝なさい」
「うん。そうする。ごめんね、お母さん……」
ああ、私。疲れてる。
でも、リュウに癒《いや》された。
これはね、きっと。浄化の涙なんだ。

『では、診断結果に移ります。まず、慎くんから』
『うぃっす』

『今回の問題は、あなたの嘘《うそ》のつき方が分かります』
『うえええ』
『ほお』
『え⁉』
『Ｂを選んだシンくんは、悪気のない嘘つきでーす‼』
『マジか――――――――‼』
『自分が嘘をつくのは、相手の為。相手を喜ばす為なら、悪気なく平気で嘘をつきます。なので、あなたは嘘をつくことを悪いとは思っていません』
『……最悪だな』
『うわあああああ！　当たってる気がする――――！』
『しかし、相手はそんな嘘をつかれたいと思っているでしょうか？　真実を語らないあなたは、立派な嘘つきです』
『もうやめて――――‼』
『では、次にＣを選んだリヒトくんですが……』
『お前も嘘つきになって好感度下がってしまえ』
『シン。お前、今の発言で更に好感度下がったからな』
『うわあああああ』
『Ｃを選んだリヒトくんは「自分を守るために嘘をつくタイプ」です』
『ようこそ！　嘘つきの森へ‼』
『森の仲間みたいに言うんじゃない』
『なんで⁉　俺とリヒトは仲間じゃん‼』
『仲間じゃない』
『奥村さーん！　リヒトくんがＦＥＥＬであることを否定しまーす‼』

『くたばれ』
『……本当は嘘をつきたくないこのタイプは、嘘は悪いことであるのを分かっているようです』
『奥村さんが華麗にスルーした！』
『あ。そのまま進めてください。ついでにシンの出るシーンはカットして下さい』
『ちょっとおおおおお!!?』
ラジオみたい。
テレビをつけっぱなしにして、寝る準備をする。
パジャマに着替えたり、歯磨きしたり。
その合間に、画面を見る感じだ。
冷たい水で洗顔をしたら、涙で熱くなった気持ちが少しだけ治まった。

『最後に、Aを選んだリュウくん！』
『は、はい!!』
『リュウくん、なんで正座してるの？』
『えっ。な、なんとなく』
『Aを選んだリュウくんですが……リュウくんは、「嘘に興味がない真実の探求者タイプ」です』

嘘に、興味がない。
つまり、嘘つきじゃないってことかな？

『あなたは本当のことを知りたい人。だから、人には本当のことを伝えたい。嘘を自分の口から語るなんてもってのほか。真実を愛するあなたは、嘘は愚かでバカげたことだと思っているでしょう』
『おお……リュウ、すげえ』
『ああ。リュウは本当にいいヤツなんだな』
『あ、あはは。ありがとー！』

寝る準備が出来てしまった私とは対照的に、お母さんはまだ手《て》慰《なぐさ》みを続けている。

『逆にリヒトはまんまだよなー。意地悪って言うかドエス⁉』
『ほう』
『あ、痛い痛い。リヒトさん、同じ場所何度も殴《なぐ》るのやめようね。軽いパンチだけど効果はバツグンだからね。明日、青あざになっちゃうパターンだから。ね？　つか痛い痛い！　いてえよ‼』
『はははは。シンくんとリヒトくんは仲がいいんですねー』
『そうなんですよー。俺、リヒトにならなにされても許しちゃうんですよねー。顔が好みって言うか、好きって言うか。この顔に弱いんですよー。あははー』
『気持ち悪い』
『え。なにその汚物を見るような目は⁉　あれれ。リュウもどこ行くの？　なんでみんな俺から離れてくの⁉』
『いや……あははは』
『あいつに近づくな、リュウ。大事な何かを失うぞ』
『ひどい⁉』

これ以上は、もうタイムリミットだな。
寝る準備は終わってしまった。
ズルズルとここにいるのも限界だ。
テレビは見たいような、見続けていたいような。
また、リュウだけ仲間はずれにされている。
まあ、録画してるから。後から見返せばいいんだけど。

「おやすみなさい。お母さん」
「おやすみなさい。コハクちゃん」
おやすみの声をかけて、自室へ続く階段を上ろうとした途端。
うるさいくらい響いていたテレビの音が、ブツンと。
お母さんの手によって、切られた。

本当は、うるさかったんだなあ。
それにまた、心が痛む。
寝る前に掲示板をチェックしてから寝ようと思ったんだけど。
今日はもう、心が疲弊《ひへい》してしまったから。

真っ暗闇の自室に辿《たど》り着くと。
そのまま、ベッドに突っ伏した。

もう何も考えたくない。眠りたい。
目を瞑《つむ》れば、望んだ通り。
もっと深い漆黒《しっこく》が、私を飲み込んでいった。

■七瀬 玲■

「昨日の『秘密の心理学！』見た？　ＦＥＥＬゲストの」
「見た！　面白かったよね」
「あの人ら、歌だけじゃなくてトークも面白いから好き」
「つーか、昨日で好きになった」
もうこの頃には、みんなすっかりＦＥＥＬのファンになっていた。
薄々そうなるだろうとは思ってたけど。
みんなと好きなことについて話せるのは、素直に嬉しい。

「ねえ、知ってる？　ＦＥＥＬって、最初は四人だったらしいよ」
「うっそ。マジ？」
「誰よ。四人目は」
「篠原隆《しのはらたか》也《や》。ほら、『Snob』のモデル」
「ああー！　隆也だったんだ。いいじゃん。今からでも入れば。ＦＥＥＬにいても違和感なさそう」
「なんかね、バスケの強豪校入ったから、デビュー前に抜けたみたいよ」
「あんた詳しいわね」
「ふふふ。昨日、ネットで調べたのさ」
こういう、にわか知識を披露《ひろう》するのを見物するのもニヨニヨしてしまって、楽しい。
そうやって、みんなＦＥＥＬのことを知って好きになってしまえばいい。

「私、リヒト派ー！」
「私もー！」
「リヒト、人気だねー」
「そんなことないよ。私、シンくん派ー！」
「え。なんでよ」
「バカだから」
「ちょ」
「バカっていいじゃん。愚かで。なんか、可愛い」
「あははは。サエ。あんた、ちょっとリヒトっぽいとこあるよね」
「ええー。そう？　バカの方がいいじゃない。コントロールしやすくて」
言われてみれば、サエはリヒトっぽいかも。
もちろん、実は優しいって意味で。

「サエちゃん、怖い！」
「そういうコハクは誰が好きなのよー」
「わ、私はリュウくんだよ！」
「あー。あの空気？」
「空気じゃないもーん‼」
私がリュウを好きなこと分かってるくせに。
そういう意地悪なとこも、やっぱりリヒトに似ているなあ。サエは。

「あはははっ！　でもリュウって、あの中で一番性格よさそうだよね。分からんでもないよ。コハクが好きそうなタイプだよねー」
「分かるー！」
みんなそれぞれのお弁当を持ち込んで。
楽しい会話をしながら笑い合う昼休みの一時が、私にとって日々かけがえのないものへ変わっていく。
その時間を、壊すように。
無粋《ぶすい》に誰かの携帯の着信音が鳴った。
ガタン！　と大きな音を立てて立ち上がったのは、七瀬だ。
七瀬が、携帯片手に慌《あわ》てている。
だから、直感で気がついた。

それ、リュウからじゃないの？

「ちょっとちょっと！　七瀬さん、どうしたの？」
「え、あ！　ちょっと。親から呼び出しがあって。うわー。どうしたのかなー？　あはは」
「七瀬さん、大丈夫？」
「だ、大丈夫大丈夫！　あんま電話かかってこないから、ビックリしただけ！　ちょっと、行ってくる！」
慌てて、教室を飛び出す七瀬を、つい追いかけたくなってしまったけれど。
けど、七瀬とリュウの関係を知らないフリをしている私には。
そんな権利なんかないし。
それじゃ、ただのゴシップ雑誌の記者と変わらない。

「七瀬さん、突然どうしたのかな？」
サエが、七瀬の机に残されたコンビニおにぎりをどうしようかって表情で私と見比べてくる。

「親からの呼び出しって言ってたから、そのうち帰ってくるよ」
「そうだよね。ものすごい慌ててたから、気になっちゃって」
「…………」
あの電話、リュウからじゃなければいいな。
あんな素敵な人に、彼女なんかいない方がおかしいのだけれど。
でも、いないで欲しいと願ってしまう。

もしいたとしても。
それなら、私の知らない人間がいい。
こんな、身近な。
しかもクラスメイトでしたなんてオチ。
近すぎて、嫌だ。
万に一つもないかもしれないけど、傍にいる人間とくっつくなんて。
もしかしたら、私とも付き合えたかもしれない。なんて。
バカなこと考えてしまう。

七瀬は、ちゃんと昼休みが終わる前に教室に戻ってきた。
ただ。
羽柴くんと一緒に教室に入ってきたところだけ、どうしても。
引っ掛かってしまって。

放課後になるまで、こんな座席の一番後ろ。
二人が仲良く話しているところをずっと見続けていなきゃいけないなんて。
苦しすぎる。

□　□　□

『ＦＥＥＬの皆さんで、「プラネット.F」です。どうぞー！』

本当に、ＦＥＥＬの出演番組が増えたものだ。
確実にファンをゲットしているのだろう。
公式サイトも、スケジュールがびっしり書かれるようになった。

遅い夕食を取りながら、今夜もまたＦＥＥＬの出演している音楽番組を見る。
お母さんは、相変わらず目の前の椅子に座っていて。
お父さんは、まだ仕事なのか飲みに行ったのか所在が分からない。
でも、どうでもいい。
どうせ、家族全員で夕飯を食べることはないのだ。

白いプレートに盛られたのはスパゲティミートソース。
随分前に茹《ゆ》でられたスパゲティは、アルデンテなんかおかまいなしの。
唇で噛み切れそうなくらい柔らかかった。
別に、お腹《なか》が満たされればなんだっていいのだけれど。

しかし、デビューの時に比べて、衣装がどんどん豪華になっていくなあ。
純白の軍服姿のＦＥＥＬはカッコよかった。
真っ赤な腕章がとても映えている。
基本、みんなお揃いのミリタリーなんだけど。
よく見ると、それぞれ違っていて個性を表していた。
これは、衣装さんグッジョブと言ってあげたい。

真っ白な軍帽を被《かぶ》っているのがリヒト。
カッチリした軍服を限界まで着崩しているのがシン。
顔に星のペイントが施されているのがリュウ。
腕章とお揃いのラメが入った星のペイントは、キラキラ光って。
センターのリュウにとても似合っていた。

『I wanna be the star！』

掛け声と共に、リュウが綺麗なバク宙を描いた。
身長高いのに、すごいな。
よくあれだけ飛べるなあ。
ホント、お星様のようだ。

『Remember me when you see the star. Whenever you look up the sky, I'll be with you』
『好きだよ　離れていても』
『いつだって空を見れば輝く星が僕にリンクしているから』
『いつだって傍にいるから』
『プラネット.F』
『あの星を見て　僕を思い出して　見つかるよ　君だけのstar』
『プラネット.F 届けこの光　君が好きだ』
『好きだよ　どんなに離れていても　この想い　星の光のように届け　プラネット.F』

私、「Remember me when you see the star. Whenever you look up the sky, I'll be with you」って歌詞。大好き。
これね、訳すと。

「あの星を見て、僕を思い出して。見つかるよ。君だけの星が」
なんだよね。

私にも見つかるかなあ。
私だけの、星が。

『はーい。お疲れさまでしたー』
『ありがとうございました！』

『どうも』
『この「プラネット.F」は、ご自身が出演されている清涼飲料水のＣＭにも使用されているんですよね？』
『そうなんですよ』
『爽《さわ》やかな曲ですよね！』
『って言うか俺、今まで三人で「プラネット.F」歌ってきた中で、今回が一番だと思う！　すげーよかった!!　三人一緒にやれてるって気がした！　なんか、連携取れてるって言うか、一体感って言うか！』
『ほう。そうかそうか。今までのお前は、ずっと一人でやっていると思っていたんだな。なるほど』
『ち、違う違う！　そうじゃなくて、心が一つになったっつーか……』
『大丈夫だ。お前がいなくても、俺はリュウとやっていくから、安心してＦＥＥＬを抜けてソロ活動に勤《いそ》しむがいい』
『シンくん、そんな風に思ってたんだ』
『これからはリュウと俺とでＦＥＥＬだな。シン、お前はお払い箱だ』
『いやあああああああ！　これあれだよね？　リーダーだけ追い出されて再出発されちゃうパターンですよね？　はっはっは！　理人、リュウ。冗談きっつい!!』
『っていうか、俺、前々から実質、リヒトさんがリーダーっぽいなって思ってたんですよね……』
『リュウ。それはね、一番言ってはならないやつだね。俺が一番傷つく言葉だからね？　笑ってるけど、心で号泣《ごうきゅう》してるからね!!』

『これから、新たなＦＥＥＬをよろしくお願いします』
『新生ＦＥＥＬの応援よろしくな！』
『やめて―――!!』
三人のやり取りに、一瞬だけ違和感を覚えた。
なんか、おかしくない？
いきなり、仲良すぎって言うか……。
リュウ、無理してる気がする。

なんて言うか。中学の時の私みたい。
必死にミドリ達のグループについていこうとしている、みたいな。
芸能人に対して、考え過ぎなのかもしれないけど。

うどんみたいに膨張したパスタを無理矢理胃に納め、早々に部屋に戻る。
PCを立ち上げて、ＦＥＥＬのスレを見たら。やっぱりだ。

『今日のリュウやばくない？』
『あれは絶対なにか上に言われたよね』
『リュウの表情引き攣《つ》り過ぎw』
『シンの目が笑ってなくて怖いんですけど・・・』
『リヒトすごい気遣ってたよね』

みんな、本当によく見てるなあ。
ここの掲示板は、鍵つきで。
もうパスは出回ってない。

メジャーデビューする前からのＦＥＥＬのファンしかいないから。
ここに書き込む人は、デビュー前からＦＥＥＬのことを知っている人が集まっている。
表の掲示板とは違う。
私にとって、こちらの方が納得できる書き込みが多い。

自分と同じ意見が多いことに満足して、PCを閉じる。
窓を見れば、本物の星が輝いていた。

いつも見えるけど、掴《つか》めない。
でも、空を見上げればいつだって傍にいる。
まるで、リュウみたいだ。

「会いたい」
どうしたら、君に会えますか？

「会いたいよ」
今、君は何処《どこ》にいますか？

さっきテレビの中にいたけれど、あれは収録済のものだから。
そこにいるんだけど、いないんだ。
これが恋じゃないと言うのなら、なにが恋なんだろう。
こんなに胸が張り裂けそうなほど、苦しいのに。
会いたいのに。

たまたま、好きな人が芸能人だっただけで。
私は、あの人に。
リュウに、辛《つら》い恋をしている。

□　□　□

「ねえ！　今度ＦＥＥＬのライブあるらしいよ」
「え？　それどこ情報？」
「公式サイトー！　すごいよ。ドームで観客動員数五万人予定だって！」
昨日更新されていた情報を、花穂ちゃんが興奮気味で話している。
今更すぎる情報で、思わず次のライブのことかと思って反応してしまった。

「はあ？　そんなのチケット取れるの？」
「だーかーらー。みんな頑張るらしいよ。私、もう先行予約してきたもん。倍率すごい高いって。しょうがないよね。初ライブだもん」
「うあー。見たい。生で『プラネット.F』すごい見たい」
「なら、サエも協力してよ。ネットに登録するだけだから、簡単だよ。まだファンクラブも発足してないしね。今がチャンスだよ」
「へえ。ＦＥＥＬってファンクラブまだなんだ」
「早くして欲しいよね」
「うん！　あったら入るよー」

一応、あるよ。
事務所のファンクラブが。
ＦＥＥＬオンリーのファンクラブがないだけで。
あそこの事務所、イクシオンは。個人個人にファンがつくようになっている。
リュウなら、リュウだけ。
私は、ＦＥＥＬの活動にも注目しているから。
リュウ、リヒト、シンの三人分のファンクラブのお金を毎月支払っている。

とは、言えない。

四月からみんなのこと見てるけど、私くらいマニアックなＦＥＥＬのファンは結局いなかった。
七瀬を除いて。

「七瀬さん！　七瀬さんも協力してくれないかな？」
だから。けしかけてみる。
無表情な顔で。聞こえないフリをして。
黙ってメロンパンを齧《かじ》る七瀬が、なんだか許せなくなった。

「え？　ああ。チケット？　いいよ」
「ほんと？　もしかして、七瀬さんもＦＥＥＬ好きだったりする？」
「……あはは。特には。普通、かな？」
嘘《うそ》だ。
嘘ばっかり。
もう言っちゃえばいいじゃん。
私は、リュウと幼馴染《おさななじみ》なんだよって。
隠す理由が分からない。

それって、付き合ってるから。隠しているの？

「それなら、生で見たら絶対好きになると思うよ！」
「そうだよ。七瀬さんも一緒に行こうよ」
「コハク。チケット取れたらの話だよ。七瀬さん、せっかく誘って行く気になって、抽選外れたらどうすんの？」
「う、うーん。外れないよ！　きっと‼」
「あはは……コハクちゃん、すごい自信だね」
七瀬は、関係者席がもらえるに違いない。
だから、いざとなったらチケット取れるの知ってるんだから。

「だって、ここにいるみんなが、こんなにも行きたいって願ってるし！　誰かは当たるよ‼　うん！」
「そうだね。当たればいいね」
笑顔で返す七瀬が。
みんなを裏切っているみたいで。

正直、ムカついた。

真実は、分からない。
付き合ってないかもしれない。
でも、七瀬がリュウと幼馴染なのは否定できない事実だし。

最近、疑心暗鬼な私には。
七瀬の存在が辛くて仕方なかった。

「昨日のＦＥＥＬ見た⁉」
「宿題がきつすぎて録画したー」
「最近、授業きつくない？」
「ああうん。五月に入って本格的になってきたって言うか、先生方も容赦《ようしゃ》ないよね」
「私も。土日に纏《まと》めて見るわー。ＦＥＥＬ見ると元気でるしね」
「あ！　だよね。あのテンション元気出るよね‼」
「あはは。最初、シンのテンションうざかったけど、慣れたら可愛く思えてきたー！　あんな友達が欲しいわ」
「私、あんな弟が欲しい」
「じゃあ私はシンみたいなお兄ちゃんが欲しい！」
「いや……兄はちょっと。いらなくない？」

「そうだね。あんなお兄ちゃんがいたら、ちょっと心配になるよね……兄ならリヒトじゃない？」
「ええー！　リヒト、いじめられそうじゃない？」
「そう？　ああいうのに限って妹にはベタ甘かもよ」
「おおお。デレるリヒトいいねー！」
「そんな場面、未だに見たことないけどね……」
「やっぱ、家族にするならリュウが一番なんじゃない？　無難で」
「あー。分かる。シンとリヒトは恋人にしたいけど、リュウは結婚したいって感じ」
「同意」
「右に同じ」
毎日の話題が、ＦＥＥＬ一色になっていく。
みんな、はっきり誰のファンか主張できるようになるくらい。
ＦＥＥＬは一般の女の子の間で浸透するようになった。
そして、それが深くなる度。
七瀬が、ＦＥＥＬの話題を避けるようになり出したのが。
目に見えて分かった。

だから、あえて私は尋ねる。
七瀬に。ＦＥＥＬのことを。

「七瀬さん！　七瀬さんは昨日の番組見た？　すごーく面白かったよ！」
「ううん。そこまで、好きじゃないから」
「え。そうなんだ」

「うん。イマイチ、ハマれないでいるの」
どうして、そんな頑に嘘をつくの？
なにか理由があるの？
七瀬のこと、ここ一ヶ月間見てきたけれど。
ここまで意固地になるほど、曲がった性格をしていないように見受けられた。

一体、なぜ。七瀬はここまでリュウとの関係を。
ひた隠しにするんだろう。

「そっか……あの、私。アルバム買ったから貸そうか？」
「いいよ。お母さんが持ってるし。気が向いたらお母さんの聴くわ」
それ以上、拒否されたら。
意地悪も何も。もう言えなくて。
七瀬の、眼鏡の奥に隠された何かが。私には見えない。

『ええと、その……私でよければ友達に、なってくれる？』
『私で、よければ。喜んで。よろしく、コハクちゃん』

あれも、嘘？
どれが嘘？

嘘だらけの七瀬が、分かんない。

それとも私が、友達の定義を間違えているのかなあ。

またみんなから一線を引いて、お昼ご飯を食べる七瀬。
その姿を見ていたら、まるで映し鏡のよう。
友達を踏み台にしようとしていた私の本心が、醜《みにく》く浮き彫りにされていくようだ。
七瀬と友達になって、リュウを紹介してもらおうなんて。
私の方が、汚い。

「どした、コハク？」
急に俯《うつむ》いて黙り込んだ私に、サエが笑顔で小さなプリンを差し出してくれた。

「ね。これ半分こしない？　デザート」
「サエ。優しい……」
「え？　なに？　私はいつも優しいよー」
「違う。ほんと……優しい……」
「コハク？」
外見や勉強は、努力したら手に入った。
でも、この恋は。
どう努力したら手に入るんだろう。
分からない。

サエに心配かけたくなくて。
もらったプリンを食べたら、忘れかけていた甘いキャラメルの味がした。

■cleavage■

今夜も、月も星も見ずにネットの海を彷徨《さまよ》う。はずだった。
けど、私の手を止めたのは。
信じられない見出しの、SNSニュースだった。

【ＦＥＥＬのリュウ、事故で意識不明の重体】

まさか、と思った。
悪い冗談だ。
また引っかけサイトの悪ふざけだって。
でも、あえて引っかかってやる。そんな気持ちで、タイトルをクリックしたけれど。
私の期待は、簡単に打ち砕かれた。

【本日午後５時15分頃、43歳の男性が運転するトラックが右折したところ、バイクに乗っていた人気アイドルグループＦＥＥＬのメンバーのリュウこと桜井竜さん（16）に激突。桜井さんは病院に運ばれましたが意識不明の重体。この事故で、トラックを運転していた会社員……】

画像はないけど、ソースは確かなもので。
衝動的に、深夜なのに階段を駆け下りてテレビのあるダイニングへと急いだ。

テレビをつけ、チャンネルを次々と変えたら。

見つけた。
リュウが事故った現場を中継しているニュースを。

ぐらり、と。目眩《めまい》がした。
悪夢みたい。
なにこれ。よくある交通事故のニュースじゃない。
でも、違う。
ＦＥＥＬのリュウだって。アナウンサーが説明してる。
いつかの音楽番組の『プラネット.F』の映像が流れている。

「コハクちゃん！　こんな時間にどうしたの⁉　お父さん怒ってるわよ‼　静かにしなさい‼」
言われなくても静かにしてるよ。
って言うか。それしか、できない。
叫ぶ気力さえない。

信じられないニュースに、テレビの前でただ呆然とすることしかできない。
大音量のテレビの音に気がつかずに、ぼんやりしていたら。
久しぶりに、お母さんに頬を叩かれた。

それから、記憶がない。

気がつけば、朝になっていて。
昨日のテレビと同じ。
大音量の目覚ましのせいで。

リュウのニュースが夢じゃなかったってことを思い知らされて。
初めて、そこで。
私は泣いた。

□　□　□

号泣《ごうきゅう》する私に、お母さんが驚いて学校を休むように勧《すす》めたけれど。
それを制して、私はいつも通りに登校した。
リュウのことが心配だった。
あれから、何度もネットニュースをチェックした。
けど、なにも更新されないままで。

なら。答えは簡単だ。
七瀬の反応を見ればいい。
幼《おさな》馴《な》染《じみ》の緊急事態。
普通でいられるはずがない。
彼女が休んでしまっていたら、それまでだけど。

はたして、七瀬は教室にいた。
相当、やつれた顔をしていたけれど。
けど、いつもの様子を装って教室の扉のとこにいた。

これって、いい意味に取ってもいいのかもしれない。
もし、なにかリュウにあったら。
それこそ……命が失われる状態にあったら。
幼馴染の七瀬が、ここにいるはずないもの。
少なくとも、そんな表情で学校には来れない。

「七瀬さん、おはよう」
あえて、明るく振る舞って。
七瀬におはようの挨拶《あいさつ》をする。

「コハクちゃん。おはよう」
それに呼応するように、七瀬が笑うけど。
表情は精彩を欠いている。

「ねえ。知ってる？」
「え？」
まだ何も言っていないのに、七瀬の怯《おび》えた表情が、明らかにリュウのことだって答えている。

「知ってる！　あれでしょ？　ＦＥＥＬのリュウが事故ったってやつ‼」
私と七瀬の間に、サエが割り込んできた。
胃がぎゅっと痛くなった。
軽々しい話題じゃない。確かに、遠い存在の芸能人の話なんだけど。
私と七瀬にしてみれば。大切な人が事故に遭《あ》った深刻な話だ。

でも、話をふったのは私で。
あえて、この軽いテンションのままで。
酷《こく》だけど、七瀬の反応を確かめたかった。
ごめん。私、最低だよね。

「そう！　高速道路でバイク乗ってトラックと接触したってやつ！　意識不明の重体なんだって‼」
「やばくない⁉　ＦＥＥＬどうなるの？　新曲出たばっかじゃん。ライブだって控えてるし」
「リュウ死んだらどうなるんだろうね」
「ちょっと、サエちゃん！　やめてよ‼」
さすがに、死ぬってワードは見過ごせなかった。
七瀬も、サエの悪気のない残酷な発言に真っ青になっている。

「ごめんごめん」
「新曲のPV見てテンション上がってたのにさあ。あれ、音楽番組で見たかったのにー！　実際踊ってるとこさー‼」
「分かるー！　『ルナグラビティ』でしょ？　あの曲、リュウがセンターじゃない？　どうすんのかな。フォーメーションとかさ。CDについてた初回特典のダンスver.のPV見たけど、シンとリヒトだけじゃ厳しくない？　攻め攻めな感じだし」
「さあ？　そもそも、リュウがこんな状態だったらテレビ出られなくない？」
「あーあ。せっかくファン増えてきたのにねえ。もったいない。今！　ＦＥＥＬが見たいのにぃ！」
「見たい時見ないと存在忘れるよねー」

「あ。それ分かる」
わっと、みんながリュウの話題で集まってくる。
まるで、堰《せ》き止められていた水流のようだ。
聞きたいのは、そんな下卑《げび》た話じゃない。
知りたいのは、リュウの安否だ。

知っているんでしょ、七瀬。
教えて欲しい。
私、ただの好奇心で聞きたいんじゃないよ。
本当に、一人の女の子として。
リュウが大好きだから、知りたい。

青い顔で、私達の輪からそっと離れる七瀬。
心配なのは私も同じだよ。って、言えたら。
もう、勇気を出して真実を言ってしまおうか。

「七瀬さん……」

自分の席へ座ろうとした七瀬を呼び止めたのは、私じゃない。
羽柴くんだった。

「昨日は、ごめん」
「……羽柴？」
「ニュースで、見た。リュウのこと」
「…………」

羽柴くんと、深刻そうな顔で。
漏《も》れ聞こえた会話から。羽柴くんは、リュウと七瀬の関係を知っていることが分かった。
だからこそ、二人の間に入ることができない。
どうして、羽柴くんは。
七瀬とリュウの関係を知っているんだろう。

素直に聞こうと思ったのに、私の心が意固地になる。
もう、いい。
自分でどうにかするしかない。
でも、どうやって。
緊張と焦りで、目眩を覚える。
リュウのことが心配で、授業どころじゃない。
おかしいよね。
だって、あっちは私のことを知らない芸能人なのに。
なんで、私は。家族みたいな気持ちで。こんなにもリュウの心配をしているんだろう。
分かってるよ。けど、心配で心配で、胸が押し潰されそうなこの気持ちに、嘘《うそ》はない。
だって、好きだから。

その時だった。

「今日もね。放課後。……病院、行こうと思う」

私は、七瀬が羽柴くんに呟《つぶや》いた、決定的な一言を聞き逃さなかった。

□　□　□

お昼休み、こっそり学校を抜け出して。
近くのコンビニでお金を下ろした。
手持ちの定期だけでは都内まで行ける余裕はないし。
七瀬がどういった交通手段で、どこの病院に行くかも分からない。

地味だけど、レトロな西校のセーラー服は目立つから。
ロッカーに入れっぱなしだった膝掛けにしていた黒色のストールも鞄に押し込む。
親には、気になる部活があるから見学したいと電話した。
最初渋っていたお母さんも「英語部」だから、と伝えると、喜んで承諾してくれた。
うちの学校の英語部は、弁論大会で何度も優勝している名門だし。その分、英語の成績も内申点もよくなるからだ。
もちろん、入部するワケがない。
こんなの、後で人間関係が合わなかったとか、言い訳すればどうにでもなる範疇《はんちゅう》だ。

今は、目の前を歩く七瀬に見つからないように。
とにかく、リュウが搬送された病院まで尾行するしかない。

悪いことしてるって自覚は、もちろんある。
好きだからって、度を越している行為だってことも分かってる。
だけど、どうしても。自分を止めることはできなかった。

放課後。学校を出て、ふらふらと駅へ向かう七瀬の後を。
一定の距離を空けて追いかける。
駅についた七瀬が、路線図と運賃を確認しながら切符売り場で立ち止まった。
どこまでの切符を買ったか分からないから、とりあえず多めな金額をICカードにチャージしておく。

帰宅ラッシュということもあり。
私の体が小柄で、隠れやすかったこともあり。
七瀬がぼんやりしてるのも幸いして。
無事、彼女と同じ電車に乗ることができた。
もちろん。乗車したのは隣の別車両だ。

貫通扉の窓からかろうじて七瀬の姿が見えた。
憂《うれ》いを帯びたその美しい横顔が、赤い夕陽に照らされて。
どことなく少女らしい危うさが垣間見れた。

七瀬、大丈夫かな……。

こんな、ストーカー紛いな真似をして、今更七瀬の心配をするなんて。盗人猛々《ぬすっとたけだけ》しいと言うか。
なんだか、性格が悪い人間よりも、私の方がよほどタチが悪い気がした。
でも、今の七瀬は。私の知っている、凛《りん》としたいつもの彼女と違い。今にも崩れ落ちてしまいそうで。
つい、駆け寄ってしまいたくなる。

教室で羽柴くんと二人で話しているのを見た時は、あんなにイライラしたのに。
辛《つら》そうにしている七瀬を見つめていたら、もうどうでもよくなってきた。

それは、そうだろう。
私だって、大事な友達が事故って意識不明だと聞かされたら普通でいられなくなると思う。
リュウのことで頭がいっぱいすぎて。七瀬のことを思いやる気持ちが、私には欠けていた。
最悪なんだ。私は。

数回、駅を乗り換えて。都内に着いた時、もう陽は大分傾いていて。
見知らぬ土地の夜が、少しだけ怖いと思った。
けれど、夕暮れが私の味方になってくれて。
七瀬から、私の姿を闇がふんわり隠してくれた。

けれど、バス停の前に立つ七瀬の姿を見て。
流石《さすが》に同じバスには乗れないと判断する。
七瀬の立つバス乗り場から、行き先を判断する。
携帯で調べた結果。この路線上にある病院は一つだけだ。
この推理が、外れてしまったら。
ここまで来た労力が無駄になってしまう。

仕方ないので、タクシーを拾って運転手さんにバスを追いかけてもらった。

「すみません。うちのおばあちゃんが先にバスに乗ってしまって、どこで降りるか分からないんです。携帯も通じなくて」
「そうなの？　それは大変だねえ」
「はい。東京の親戚のところに二人で来たんですけど。おばあちゃん、目を離すとすぐどこかに行ってしまうんです……」
私の慌《あわ》てている様子と、嘘をつきなれてないからオドオドしている感じが、逆によかったのか。それとも、お仕事だからなのか。
私の言葉に疑いもしない運転手さんに、ちょっとだけ申し訳ない気持ちになる。

タクシーのメーターの上がり具合が気になったけど。
やっぱり、七瀬は私が思っていた病院で降りてくれた。
運転手さんにお礼を言い、手早くタクシーの料金を払って、七瀬を追いかける。

けど、直ぐに異変に気がついた。
カメラや機材を構えた人達が、たくさんいる。
これって、マスコミとかじゃない？
テレビのニュースとかでよく見る、報道陣。あれがそのまんま。
ドラマみたい、病院の前に何人も立っていた。
流石に、入り口を封鎖とかはなかったけど。
救急車や緊急の患者さんの車が入って来た時、邪魔だし、危ないなと思った。
あっちも仕事かもしれないけど、これってすごく迷惑なことだ。
でも、どうしたらいいんだろう。
私、入ってもいいのかなあ。

そんな私の心配なんか余所《よそ》に、七瀬は堂々と正面の道を歩いて行く。堂々って言うか、あの様子は。
ぼんやりしすぎて、目の前のことを考えられないだけだ。

私は流石に警戒して。あらかじめ入れておいた黒いストールを鞄から取り出し、肩から羽織って制服を隠す。
この状況で、制服姿は流石に目立ちすぎる。
七瀬とは逆に、マスコミを迂回《うかい》して、病院の軒下の方から入り口を目指した。

真ん中の道を突っ切って行った七瀬は、案の定、胡散臭《うさんくさ》そうなサングラスのおじさんに捕まっていた。

「ねえねえ。君、ＦＥＥＬのリュウくんの関係者？」

「…………」
「可愛いもんね。イクシオンのモデルの子？　ちょっと話聞かせてくれないかな」
「……あの」
「お見舞い？　リュウの部屋って何号室なの？　それとも、彼女？　あ。ファンの子かな？」

自動ドアを抜けても、おじさんは七瀬に纏《まと》わり付いて離れようとしなかった。
おじさんを完全にシカトして、七瀬は歩みを止めなかったけれど。あっちも慣れてるみたい。七瀬の傍にぴったりと張り付いて離れない。
とうとう、七瀬がエレベーターの前で、おじさんのせいで立ち往生してしまう。
助けてあげたいけど、どうしよう。

七瀬が先を行かないことには、私も先へ進むことが出きない。
いざって時は、誰か呼ばなきゃ。
大きな柱の陰に隠れ、成り行きを見守っていたら。
目を疑う人物が、向こうにいるのが見えた。
え、あれって。

リヒトじゃないの？

私の斜め前の向こう。
二人組の男子が歩いて来るのが見えた。

先頭を歩いているのは。
間違いない。リヒトだ。
あんな高身長でスタイルのいい男子。滅多にいるはずない。
そして、その後ろにいるのはシンだ。
二人で何か話し合った後、七瀬の方に走って行ったのはリヒトだった。

「こんなところにいた。迷ってたの？　探したよ」
サングラスのおじさんから、七瀬を守って。あっという間に撃退してしまう。
不謹慎だけど、七瀬が羨《うらや》ましいなと思った。
ＦＥＥＬとのみんなとも、仲いいんだ……。
本当に、哀しいくらい。
私と七瀬の立場は、違う。
私は、招かれざる客だ。

「お―――い！　リヒト―――――!!　こっち―――！　八階―――――――――っ!!!」
テレビと同じ、シンのよく通る元気な声がフロア全体に反響した。
私は、シンのお陰でリュウが入院している階が分かってよかったけれど。
その大声に、リヒトが怒ってシンを殴《なぐ》り倒しているのが見えた。
うああ。すごい、テレビの中と一緒だ。
本当に殴ってる。

慌てて、後を追ったけど。三人連れ立ってエレベーターに乗ってしまった。
うーん。同じエレベーターに乗るのは危険かもしれない。
しばらく思案して、病院の案内図があったので現在地を確認する。
よし。八階だって分かってるし。
別のフロアのエレベーターから向かおう。

ここから少し離れた別のエリアにあるエレベーターをチェックする。七瀬達が乗ったエレベーターとは別棟のものだ。
クリーム色の古びたエレベーターを発見し、ボタンを押して八階まで進む。

どうしよう。まさか、ドアが開いた瞬間、七瀬達と鉢合わせってことはないよね？
無人のエレベーターの中は隠れる場所がない。
夕方なせいか、人影もほとんどない。
戒厳令《かいげんれい》がしかれているのかな？
ファンの一人や二人。いてもおかしくなさそうなんだけど。
この病院の所在は、まだ一般にはバレてないみたいだ。
あの裏掲示板にもどこの病院だって書き込みはなかったし。
だから、私も七瀬も入れたんだろうけど。
エレベーターは、部外者の私を八階に送り届けてくれた。

開かれた扉から見えるのは、薄暗い廊下と。
ほんのり灯りがついたナースステーション。

それから、大きなテレビのある。誰もいないラウンジ。

そうっとエレベーターを降りて、廊下に出る。
通り過ぎる看護師さんも、入院患者さんも誰も私を気にしない。
それに安堵《あんど》して、不審者と思われないように。
平静を装ってリュウの病室を探す。

意外だ。病室って。名前、書いてないんだな。
ナンバリングされたプレートが、ずっと続くだけ。
まだ歩いてない廊下なのに、さっき歩いたような錯覚に陥る。
でも、病室の番号を確認すると微妙に違う。
まるで、迷路だ。
同じような扉が続く、長い長い廊下が私の眼前に広がる。
夕暮れの病院って、なんだか怖い。

黒いストールで身を隠して、あちこち見て回っていたら。
一際賑《にぎ》わっている病室を発見した。
そっと、近くの給湯室に入って。そこから、病室の前の様子をうかがう。
しばらくすると、七瀬、リヒト、シン。それから、見慣れない女の人が病室の扉から出てきた。

リュウのお母さんだろうか。
うちのお母さんくらいの年齢なんだろうけど、綺麗な人だ。
みんなに頭を下げている。どことなく、リュウに似ていた。

あそこだ。あの病室に、リュウがいる。
心臓が、高鳴る。
いや、ダメ。違うよ。
私は、リュウが心配でここに来ただけだ。
会いに来たとか、そんなんじゃない。安否が気になっただけで。
だって、向こうは私のこと。知らないし。
ただの、他人だし。

なにか、話があるみたいで。四人共、そのまま病室から出て行ってしまった。

しんと静まり返る廊下。
もしかして、もう誰もいなくなったんじゃない？
そしたら、あの病室には。リュウ一人がいる……？
そう思ったら。もう、自分を止められなくて。

私は、リュウの病室だろう。802号室のドアの前に立ち。
その白い扉を、開いてしまった。

僅《わず》かに開いた隙間《すきま》から、そうっと顔を出す。

「レイちゃん……？」

突然、声をかけられて。
反射的に逃げてしまいそうになる。

「誰……？」
でも、すごく聞き覚えのある声。
間違えるはずがない。
何百回、何千回。君のCDを聴いただろう。
この、鼻にかかったような。少し高くて、でも低く響く声。
大好きな、リュウの声だ。

意識不明の重体だって。
ニュースで流れていたから。
リュウの声を聞くだけで、ホッとして泣き崩れそうになる。
もう。それだけでよかった。
これで、安心して帰ることができる。

「…………」
けれど、私とリュウの視線はバッチリ合ってしまっていて。
言い逃れできないくらい、私は姿を見られている。

リュウだ。
本物の、リュウ。
大好きなリュウが、私を。私だけを見ている。

綺麗な顔。その右頬に貼られた白いガーゼ。唇の端も切れていて、赤黒い瘡蓋《かさぶた》が痛々しい。
まるで拘束具のよう。
点滴や、機材。色んなチューブに繋《つな》がれて。
見ているだけで、辛《つら》くなる。

けれど、どんな姿でも。
リュウはカッコよかった。

「あの、えっと……私……」
「その制服……もしかして、……レイちゃんの、友達？」
「えっ、いや。その……」

あんなに恋い焦がれたリュウに会えて。
あんなに心配したリュウが無事で。
嬉しくて、手が震えて。
隠していたストールが、いつの間にか床に落ちていた。

「……こっち、入りなよ」
「…………」
リュウに言われたら、抵抗できない。
その瞳に見つめられたら、もう。逃げるなんてできない。
そして。嘘《うそ》をつき通すなんて。
私には、無理。
だって、大好きなんだもん。嘘なんか、つきたくないよ。
もう、私の嘘つきは限界だった。

「わ、私……違うの。リュウくんの、ファンなの」
「……え？　……俺の？」
「ごめんなさい……確かに、七瀬さんとは友達だけど。私、勝手に黙って、ついてきちゃったの。リュウくんが、意識不明の重体って聞いて、心配になって……いてもたってもいられなくなって……本当にごめんなさい！」
「…………」
きょとんとした表情で、私を見るリュウに。終わった、と思った。
でも、もういいや。
こうやって、リュウに会えた。
二度と会えなくてもいい。
リュウが、ちゃんと生きているなら。

「あの！　こんなストーカーみたいな真似して、すみません。私、もう二度と来ませんから。だから、安心して……」
「座って」
「え、あの……」
「……そこ、座って」
事故に遭ったばかりで、しんどいはずなのに。
リュウが、ニコッと笑ってくれた。
でも、傷に障《さわ》ったのかすぐに顔をしかめた。

「だ、大丈夫⁉」
思わずベッドの傍まで駆け寄ってしまう。
芸能人だとか、関係ない。
ただただ、リュウの体が心配だった。

「うん……」
「リュウくん……」

やっぱり、優しい。
こんな大怪我してるのに、私なんかに気を遣ってくれて。
涙が出そうなくらい、嬉しい。

「……ごめん……あのね。俺のファンって、本当？」
「う、うん」
「ＦＥＥＬのファン、じゃなくて……？」
「ごめんなさい……私、リュウくんがモデルの時からのファンで……。リュウくんだけが、好きって言うか……でも、ＦＥＥＬも大好きだから！　あの、ごめ……」
「そっか……嬉しい」
「え？」
「……俺のファンなんて、いないんじゃないかって……思ってたから」

「そんなことない!!!」

リュウが、あんまりにも哀しそうな顔をするから。
直ぐに否定したくなった。
なんで、そんな風に思うの？
そんな哀しい顔すること、ないのに。
みんな、リュウのことが大好きなのに。
どうして、本人に伝わってないの？
こんなにも。大好きなのに。

「お、大声出してごめんなさい……」

「……ううん」
「だって……リュウくんのファン、いっぱいいるのに……どうして、そんなこと……」
「いないんじゃないかな……俺、こんなことになって……きっと、みんな俺のこと、嫌いになった、はずだよ……」
「なんで？　リュウくんは悪くないよ。これは、事故でしょ？　ニュースでも居眠りしたトラックが突っ込んできたって」
哀しみに沈む顔も、確かに綺麗だけど。
そんな顔、見たくないよ。
リュウには、笑っていて欲しいよ。

「……名前、教えて？」
「わ、私の？」
「そう」
「……コハク……山本、コハクです……」
「コハク、ちゃん……」
優しい眼差しで、私のことを見つめるリュウは。
テレビで見るようなパワフルな感じは一切なくて。
目を離した隙に、消えてしまいそうなくらい。儚《はかな》げな感じがした。

「また、来てよ……」
「で、でも……」
「俺、君と……もっと、話がしたい……でも、今日はもう……体力が、限界みたいだ……眠くて……」
辛そうに、目を閉じるリュウの顔色は、真っ青で。

見てるだけで不安になる。
このまま、いなくなってしまうんじゃないかって。
そんなのは、嫌だよ。

「リュウくん、大丈夫？　誰か呼ぼうか？」
「いい。このまま、眠るから……」
「でも……」
「コハクちゃん」
閉じられた瞳が、再び開いて。
その鉱石みたいにキラキラした瞳の中に。
私が映っていた。
リュウの目の中に、私の姿が。しっかりと捕らえられている。
だからもう。逃げられない。

完全に、リュウへと落ちていく感覚がした。

「ありがとう……またね」
「……うん」
「…………」
二度とここに来る気なんかなかった。
リュウを見れただけで、満足だった。
けど、こんな風に言われたら。
頷《うなず》くしか、ないじゃないか。

だって、私。
あなたのこと、すごくすごくすごく。

大好きなんだもの。

■鉱物標本■

日曜日のお昼。
私は、リュウの病室。802号室の前に立っていた。
手には、白い花で組み合わせた花束を。
リュウのイメージはＦＥＥＬの中では白色だったから。
勇気を出して、ノックしようと思ったら。
中からリュウのお母さんが顔を出した。

「あら。どなた？」
にこやかに微笑《ほほえ》むリュウのお母さん。
でも、そこは芸能人の息子を持つ親だ。
どこかしら警戒しているのが分かる。

「え、あの！　わ、私……」
「俺の友達だよ。母さん、入ってもらって。ね？　コハクちゃん」
病室の向こうから、リュウの声がした。
金曜日に聞いた時のような、しんどそうな声じゃない。
ちょっと元気が出たようで、それに安心する。

「あらまあ。そうだったの！　お友達だったのね……ごめんなさいね」
「い、いえ……」
「私、これから買い物に行くから、ゆっくりしていってねえ」
「は、はい」

リュウが庇《かば》ってくれたお陰で、疑われずに済んだ。
どうぞ、入ってと促されるまま。
あの白い病室へ入る。
最初はもっと殺風景だったのに、リュウの病室はたくさんの花やプレゼントだらけだった。

「来てくれたんだ」
「約束、したから……」
「そっか」
真っ青だった顔色が嘘《うそ》のよう。血色のいい顔でリュウが笑う。
右頬のガーゼは取れていたけれど、赤い擦《す》り傷が残っていた。
整った美しい容貌《ようぼう》をしているだけに、余計痛ましく見えた。

「あの。お花、いっぱいだね」
豪華なフラワーアレンジメントがたくさん飾ってあるリュウの病室。
私が持ってきた花が、ものすごくちっぽけに思えた。
お花屋さんで、あれこれ悩んで選んだものだけど。
こんな見窄《みすぼ》らしいもの、持ってくるんじゃなかったな……。

「コハクちゃん、その花、綺麗だね。持ってきてくれたの？」
「う、うん……でも」
「ああ。チューリップだね。俺、好きなんだ」
知ってる。プロフィールに書いてあったから。

誕生日は４月２日。

身長185cm　体重68kg
血液型はＡ型。
好きな花はチューリップ。
好きな食べ物はチョコレートケーキ。

嫌いな食べ物はなし。
好きな色は、白、青、黒。
家族構成は父、母、リュウ。

リュウのプロフィールはほとんど暗記している。

「座ってよ。楽にして。お茶、あるよ」
「え。いいよいいよ」
「そうだ。メロン食べる？　昨日もらったんだ」
「えっ！　いや、悪いよ。それ、リュウくんがもらったんでしょ？」
「一人じゃ食べきれないから。それに、俺も食べたいし。悪いけど。コハクちゃん切ってくれる？」
「そ、それはいいけど」
「じゃあよろしく。そこの棚に、ナイフあるから」
「う、うん」
手渡された桐《きり》の箱には、高級そうなマスクメロンが入っていた。
これ、一個いくらくらいするんだろう。
箱にはフルーツの有名店の名前が刻んであった。
世の中には、一粒一万円もするブドウだってあるくらいだ。
このメロンも、もしかしたら……。

「どうしたの？」
「わ、私、こんな高そうなメロン切ったことないから……戸惑っちゃって」
「ああ。なら、真っ二つにしてよ」
「ま、真っ二つ⁉　真ん中から、二つに切るってこと？」
「そう。母さんはしばらく戻ってこないと思うし、二人で食べよう」
「…………」
リュウがそういうなら、と。思い切ってメロンを切る。
緑色だと思っていたメロンの切り口は綺麗なオレンジ色で。
瑞々《みずみず》しい果肉がとても美味《おい》しそうだった。

「えっ⁉　すごい！　オレンジ色のメロンだ！」
「夕張メロンなのかな。じゃあ、お皿に載っけて。そこにスプーンあるから。食べよう」
「丸々半分を⁉」
「うん。俺さ、こんな風に一回メロン食べてみたかったんだよね」
「食べきれるの？」
「食欲は、あるから」
照れたように笑うリュウに、なにも言えなくなってしまう。
抵抗ができない。

パイプ椅子に座って、リュウとメロンを文字通り半分こにして食べた。

リュウが食べ始めたのを見計らって、私も一口、スプーンで果肉を掬《すく》って食べてみた。上品な甘さで、口の中でとろけてしまう。こんな美味しいメロン、食べたことない。

「……美味しい」
「美味しいね」
「うん！」
「ふふ……」
「どうしたの？」
「いや。なんか、和むなあって。思って」
「リュウくん……」
「あ、いいよ。リュウで。呼び捨ての方が好きだから」
本当に、友達みたいに。リュウが気さくに接してくれる。

「あのね。食べながらでいいから、聞かせてよ。俺のどこを見て好きになったの？」
「え……それ聞いちゃうんだ」
「聞いちゃうね」
もぐもぐもぐと、あっという間にメロンを平らげるリュウ。
この分だと、直ぐに退院できそうじゃないのかな。
足の怪我が、気になるけれど。
食欲があることは、いいことだ。

「えっとね。きっかけは花野ちゃんだったの……リュウの地元の友達の」
「花野⁉　そことも繋《つな》がりあるんだ。完全に俺ら友達じゃない」
「そっ、そっかなあ……？」
「それでそれで？」
興味津々《しんしん》に聞いてくるリュウの顔を見ていると、照れてしまう。
普段は、カッコイイのに。今は子供っぽくて可愛いな。
まるで、玩具箱をひっくり返したような人だ。
どうしよう……ますます好きになっていくよ。君のこと。

「うん。中学の時にね。花野ちゃんのお友達が雑誌に載ってるって言うから、見せてもらったんだ。それがリュウだったの。私、そのリュウを見た瞬間から一目惚《ひとめぼ》れしてしまっ……」
「ん？」
「あ、あの！　ごめんなさいっ‼　わ、私、リュウのこと、好きになっちゃって‼」
こ、これって、告白になるのかな⁉
ファンと大好きな芸能人の男の子の境界線ってなんだろう。
だって、私。リュウのこと、好きなんだもん。
これは恋だって、自覚してる。
けど、リュウは私のこと友達って言ってくれてるけど。
結局、ただの一ファンに変わりない。

「うん」
でも、リュウは。そんな私を、優しい眼差しで見つめるだけで。
全然、嫌な感じは見受けられなかった。

「それから、リュウの出る雑誌全部買って」

「全部⁉　すごいね」
「分かる範囲だけど。ゴルフウェアの雑誌にもモデルで出てたよね」
「よく知ってるね。あれ、通販限定の雑誌なのに」
「あはは。たまたま、お父さんが購読している雑誌にリュウが載ってたの」
「あれなー。おっさん臭くなかった？」
「全然。いつも通りカッコよかったよ」
「実はさ、俺、ゴルフしたことなくて。こんなんでいいのかなーって不安になりながらスチール撮影したんだよね」
「え？　あんなナイスショットしてるみたいな写真なのに？」
「それっぽく見えてるなら、よかったよー」
私より先にメロンを平らげてしまったリュウに、ポットからお茶をいれてあげる。

「ありがとう」
「ううん。私も、メロンごちそうさまでした」
「もう、帰っちゃうの……？」
寂しげなリュウの顔を見ていたら、帰るに帰れなくなる。

「じゃあ、もうちょっとだけ」
椅子に座り直して、自分用にいれた紙コップのお茶を両手で包み込む。

「あのさ。今回の新曲知ってる？」
「もちろん。『ルナグラビティ』でしょ？　私、あの曲好きだよ」

「あれさ。俺の初めてのセンターだったんだ」
「うん……PV見たから、知ってる」
私も、リュウがセンターで嬉しかったから、何度も何度もPVを繰り返し見た。

「あの曲の番宣のために、いろんな人がスケジュール用意してくれて、関わってくれて。ほんと、たくさんの人達が、俺のために動いてくれてた。俺も、初のセンターだから嬉しかったし、張り切ってたから……」
「リュウ……」
「もう、ＦＥＥＬに俺はいらないのかもしれない」
「なんでそんなこと言うの？　リュウはいるでしょ？　リュウがいなきゃＦＥＥＬじゃないよ！」
「そうかな……」
確かに、今回の事故のせいで、数ヶ月はテレビに出られないかもしれない。けど、病欠で休んでるアイドルだって、たくさんいるし。その分、グループのみんながフォローしてくれるはずだ。

「大丈夫だよ、リュウ。リヒトくんもシンくんも、きっと助けてくれるよ」
「…………」
さっきまでの明るい表情はどこかに消えてしまって、リュウの表情は陰鬱《いんうつ》で暗いものになっていた。
「リュウ……気にしすぎだよ……。そこまで、責任感じること……」

「あ！」
突然、リュウがベッドの脇に置いてあった携帯を取り出した。
「レイちゃん、今から来るって。コハクちゃん、どうする？」
「あ……」
「俺から、事情を説明しようか？」
心配そうに私を見上げるリュウ。
けど、リュウにそんなことさせられないし。
全部、私の責任だから。
機会がきたら、七瀬には全部話そうと思う。

「今は、いいかな。七瀬も疲れてるみたいだし。後日、自分の口から言うよ」
「レイちゃん、疲れてるの？」
「……うん。学校でも元気ないよ」
「俺のせい、なのかな？」
「あ……」
私の言葉で、リュウが傷ついたのが分かった。

「ごめん……でも、そうだと思う。私だって、幼馴染《おさななじみ》がこんなことになったら、心配でたまらないと思うし」
「それだけじゃないんだ……」
「それだけじゃ、ない？」
「ごめん。……今のなしね」
リュウが無理矢理笑顔を作って、私に笑いかける。

「なら、レイちゃんには今は会わない方がいいね」

「うん……。それじゃ、帰るよ」
鞄を掴《つか》んで、パイプ椅子から立ち上がる。

「また来てね。コハクちゃん」

呪文みたいなリュウの言葉が、私を縛る。
ただのファンの私が、通ってはいけないんだってことは、重々分かってる。これって、ファンの間ではギルティになる。つまり、抜け駆けだ。
でも、リュウからお願いされたら。
私は操り人形のよう。

「うん。また来るね」
嬉しいけど、苦しい。でも、嬉しい。
リュウに、また来るって。返事をしてしまう。
あの宝石みたいなキラキラな目に見つめられたら。
魅了されて抵抗ができない。
けど、好きだから。

色んな感情がない交ぜになりながら。
こんな私なんかに手を振ってくれるリュウが、愛しくてどうしようもなかった。

病院の自動ドアを覗くと、案の定マスコミだらけだったから。
いつもみたい、樹木が生い茂る軒下から帰ることにする。
そしたら、どこかで見たことがある人物を見かけた。

あの喧嘩以来、話したことはなかったけど。
リュウの事故が、きっかけになったのかもしれない。
思い切って声をかける。

「羽柴くん？」
無表情だった横顔の羽柴くんは、私の方へ向き直った。
「え、あれ？」
「僕は羽柴じゃない」
正面から見たら、別人ということが分かる。
よく見たら、この人の方が大分身長が低い。
けど、羽柴くんみたい。綺麗な顔をしている。
もしかしたら、この人の方が整った顔をしているのかもしれない。
眼鏡をかけているから、そこまで分からないけど。

「ご、ごめんなさい……あの、同級生に似てたので」
「待て。お前、レイの友達の山本琥珀だろう？」
「っ！　なんで私の名前、知ってるんですか？」
「そんなことはどうでもいい。もうここには来るな」
「な、なんでそういうこと言うんですか？」
「バカかお前は。見て分からないのか？　マスコミだらけのこの状況が」

「確かに、そうですけど……」
「それに、そろそろリュウのファンが気づき始めている。ここに、あいつの過激なファンが押し寄せてくるのは時間の問題だ」
確かに。裏掲示板で、リュウの入院先発見したかも知れないって。昨日ネットをチェックした時、書き込みがあった。

「あの……眼鏡さん」
「ふざけた呼び方で呼ぶな。怒るぞ」
「じゃあ名前教えて下さいよ。一方的に私の名前だけ知られてるのって不公平じゃないですか？」
「……モズだ」
舌打ちしつつ、モズだと。羽柴くんに似た眼鏡の彼は渋々自分の名前を教えてくれた。

「ねえねえ。それ、名字？　それとも下の名前？」
「一々うるさいな。下の名前だ」
「名字は？」
「それも教えなきゃいけないのか！　めんどくさい女だな」
「だって、モズは私のフルネーム知ってるじゃない」
「……早川百舌だ」
苦々しい表情と深い溜め息と共に、モズがちゃんと名乗ってくれた。
ハヤカワモズ。聞いたことないなあ。
それに、モズの黒いコートの下に着ている制服、修星館のだ。

「ねえ、モズ」
「なんだよ。もうどっか行けよ」
「その制服、修星館のだよね。一年の片山翠って知らない？
私、友達なの」
「ああ。あのアイドルか。同じクラスにいるが？」
「ほんと？　ミドリ、元気にしてる？」
「知らん。あっちはアイドルだからな。ほとんど学校に来ていない」
「そうなんだ……」
このところ、ミドリがアイドル活動が忙しく、連絡も途切れがちだった。メールも、忙しそうだし悪いかなあって思って。
送れずにいた。

「ねえ。モズはこんなとこで何してるの？」
「お前に話す義理はない。僕の前から失せろ」
けっこうきついことを言われているのは自覚してるんだけど。
なんでだろう。
羽柴くんに似た外見のせいなのかなあ。羽柴くん自体、言葉遣いがぶっきらぼうだったし。慣れてしまった。

「分かった。それじゃ行くね。バイバイ、モズ。またね」
「またなんかない」
「そっかなあ。私はあると思うんだけどなあ。まあいいや。さよなら」
モズとは、またここで会う気がした。
なんでだろう。

なんとなく、そんな気がする。
私のこういう勘って、当たるんだ。

■シンとリヒト■

『はい。では今週ランクインしたＦＥＥＬで「ルナグラビティ」で～す。ＦＥＥＬのみなさん、どうぞ？』

リュウのいないＦＥＥＬは見る気がしなかった。
録画だってしていない。
でも、なんとなく気になって。夕飯の時間、惰性《だせい》で眺《なが》めている。

「コハクちゃん。英語部はどう？　楽しい？」
「まあまあかなあ」
豆腐ステーキを食べながら、お母さんに生返事をする。
ほら、私が一生懸命話しても、嘘《うそ》をついても。
お母さんにとって、全部同じ。
彼女にとっての全ては、結果だけなんだ。
努力も、そこまでの過程にも興味はない。
そんなところ、見てもくれない。
もう慣れたけど。
それが、すごく哀しかった。

『こんにちは！　ＦＥＥＬのリーダー、シンですっ！』
『リヒトです』
『リュウですっ‼』
『いや、いないし。似てないし。その不謹慎ネタ、いい加減やめろ』
『だってー。リュウの分まで頑張ろうって思って！』

うっざ。
思わず、声に出して言ったかもしれない。
テーブルの斜め前で編み物をしているお母さんは微動だにしていなかった。
まあ、言ったとしても。この人は、自分にとって無関係な言葉には反応しないだろう。

『あはは！　そのリュウくんですが、現在入院中だそうで……ファンの方々も心配ですよね。怪我の具合はいかがなんですか？』
『はい！　もうすっかり元気になってました!!　来月には戻ってこれるみたいです!!』
『そうなんですかー！　それはよかったですね!!』
『はい。シンと俺とのＦＥＥＬは、今回限りだと思うので、逆にレアかもしれませんね』
『なるほど。お宝映像になる、と』
『そうですね』

二人だけのＦＥＥＬは、空間がありすぎて。
そこを埋めてたリュウの存在がいなくて。
見てるだけで辛《つら》くなる。
リヒトとシンの間。
そこにいたはずの、リュウの存在が。いない。

それが、悔《くや》しくて。
思わずテレビを消したくなる。

けれど、見なくては。
リュウになにかアドバイスができるかもしれない。

スタッフに乗せられているんだろう。観客席の大仰《おおぎょう》な拍手の間。
ステージの上で微動だにしないシンとリヒト。
でも、曲が始まったら。
空気が、痛いくらいぴんと張り詰めるのが、画面越しでも分かった。
重厚なサウンドが、怖いくらい。
この曲、アップビートなポップ・ロックだったのに。
こんな、息を呑む緊張感がある曲だっけ？

ものすごい気迫と、そこにいないのに。そこにいるみたい。
いい意味での威圧感に捕われて、二人から目が離せない。
私の知っているダンスじゃない。
嘘……。なにそれ。
だって、こんな。
リュウがいてこそ、完成されるダンスだったのに。
今、目の前のダンスは。
リヒトとシンのためだけのものだ。
リュウがいた時のフリと、全然違う。
高度すぎる、ダンスと歌唱力。
こいつら、リュウのこと考えず。自分のリミッター外してる。
これじゃ、リュウが戻った時。どうすればいいの？
いつものリュウなら、頑張ればついていけたかもしれない。
けど、復帰してもリュウは病み上がりだし。

そんな体で、こんなパフォーマンスができるとは思えない。
もし、元のダンスに戻したとしても。
圧倒的に、こっちの方がよく見えるから。
それはそれで、非難が出ると思う。

シンとリヒト。こいつ達、リュウを潰す気だ。
リュウの居場所をなくして、追い出そうとしているんじゃないの？

咆哮《ほうこう》にも似たリヒトの歌声。
いつもニコニコ笑ってるイメージのシンの目が、ギラギラして。
獣みたい。
リヒトが吠《ほ》えて、シンが威嚇《いかく》する。
全部、実力を隠してた。
今までリュウに合わせていたフラストレーションが、ここで解放されたんだろう。
分かるよ。実力、出せないのって辛いよね。
でも、それはソロの時にやればいいじゃん。
これは、ＦＥＥＬの曲なんだよ。
リュウがいる、ＦＥＥＬの……。
リュウがいないからって、自分勝手にやりたい放題……ひどすぎるよ。

これが、二人の『ルナグラビティ』。

リュウのいない。

リュウが、センターだった曲。
完全に、二人に盗られてしまった。

『僕の引力に逆らえない　ねえ　そうでしょう？
君が僕に落ちてくればいい　ルナグラビティ
説明がつかないこの感情　考えなくてもいい
無意識に　僕の元へ君が　ルナグラビティ』

リュウがいた時は、優しい曲だった。
でも、今は違う。
シンとリヒトが歌う『ルナグラビティ』からは、強引で俺様な感じがする。
こんなにも、歌い方で雰囲気が変わるんだ。
私、こんな『ルナグラビティ』嫌だよ。
大好きだった曲なのに、嫌いになりそうだ。

もう見てられなくて、歌の途中でテレビを消した。

「あら。コハクちゃん。テレビ、もう見ないの？」
「うん。勉強するね」
「そうね。それがいいわね！」
お母さんは、きっと。
テレビを見ている私に対してイライラしてたんだと思う。
その証拠に、手芸道具を持って。自分の部屋に引っ込んでしまった。
ダイニングにいたのは、監視のため。

私がテレビを長時間見ないように。

ここは、息が詰まる。
家へ帰ってきているはずなのに。
早く帰りたいなあって思う。
どこに？
どこへだろう。
分からないけれど、心は「帰りたい」と。
無言の叫びを上げている。

階段を上り、自室のドアを開ける。
いつものように、真っ暗闇のままPCの電源を入れた。
専用ブラウザを立ち上げ、ＦＥＥＬの裏掲示板をチェックすると。
一つの画像つきのレスが目についた。

【740 名前：unknown/：20××/05/10(金) 19:35:21.55 ID:××
リュウの彼女
毎日見舞いに来てる
都内の深沢病院
リュウの彼女ご尊顔
http://××××.jpg】

釣られてもいいやと、軽い気持ちで画像のURLをクリックしたら。
制服を着た七瀬の姿がダウンロードされた。

盗撮したらしく、ぼやけてたし、写りも悪くぼんやりとはしていたけれど。見る人が見れば分かると思う。
西校の制服だって、知ってるなら一目で分かる。
幸い、長い髪で顔は大分隠れていたけれど。
見つけ出そうと思えば、できるんじゃないのだろうか。
病院名も当たっている。
もし、過激なファンが病院の前で七瀬を待ち構えていたら……
考えただけで、怖くて身震いする。

もう一度、掲示板を更新したら、新しいレスがついていた。

【741 名前：unknown/：20××/05/10(金) 20:15:48.02 ID:××
リュウに彼女がいるってホント？
だとしたら許せない
明日誰か一緒に病院行く人募集
カノに会ってリュウのこと色々聞きたい】

その後、いくつかレスがついた。
みんな参加する気満々だ。
どうしよう。
この掲示板のメンバーは過激だ。
前にも、リヒトの彼女だと勘違いされていた女の子が集団リンチにあったことがある。

七瀬に、なんとかして伝えなければ。

この際、もう全部話してしまおう。
嘘ついていたことも、リュウに会っていることも。

けれど、私は七瀬の携帯番号もアドレスも知らなかった。
慌《あわ》てて、サエや花穂ちゃん達に連絡したけれど誰も知らないと言う。

最悪なことに、明日は休日だ。
七瀬に、会うことができない。
なら、病院に行って七瀬に会って直接伝えたらいいんじゃないかな。
そうと決まったら、いてもたってもいられなくて。
早く、七瀬にこのことを伝えたい気持ちがはやって。
なかなか寝付くことができなかった。

□ □ □

「帰った？」
「うん。帰ったって言うか、地下のレストランに行ったよ」
寝不足のまま、意気込んでリュウくんの病室に行ったけれど。
どうやら七瀬とはすれ違いになったみたいだ。

慌てて、七瀬の後を追おうとしたのだけれど。
リュウがさっきからずっと見てる映像が気になった。

「リュウ、これ……」
「レイちゃんがね。持ってきてくれたんだ」
「…………」
なんて物を持ってくるんだ。
これじゃ、リュウが焦ってしまって。
休息にならない。治るものも治らないじゃないか。
どういうつもりで、昨日の映像なんて持ってきたんだろう。

「俺、ついていけるかな……」
自分のいないＦＥＥＬの映像。
圧倒的なシンとリヒトのパフォーマンス。
リュウの目に、不安と淋《さび》しさが見え隠れした。

「ついて、いけるよ。大丈夫だよ」
「そうだと、いいんだけど……」
「見てても仕方ないよ。ね。違うもの見よう。それか、お茶でもいれようか」
「……ん」
怖いくらい真剣に見ていた画面から、リュウがようやく視線を外した。
どうして、七瀬は。
リュウが追いつめられてるのが分かってないんだろう。
こんなに、苦しそうなのに。

温かいお茶を、ベッドの脇のテーブルに置くと。
リュウが素直に、こくんと一口飲んだ。

「美味《おい》しい。コハクちゃん、お茶いれるの上手だね」
「普通にいれただけだよ。それにこれ、ティーバッグだし。誰がいれても同じだと思うけど」
「ううん。美味しいよ。優しい味がするよ」
ニコッと笑うリュウを見ていたら。
なんか、こっちの方が辛くなってくる。

「コハクちゃん」
「はい？」
「俺のファンでいてくれて、ありがとう」
「え？　そ、そんなの当たり前だし。それに、ただのファンの私を病室に入れてくれたのはリュウの方だよ」
「うーん。ファンであることも嬉しいんだけど、コハクちゃんは俺の友達でもあるから、そんなこと思わなくても、いいよ」
「リュウ……」
「あ」
すっかりお茶を飲み干してしまうと、リュウがベッドから体を起こして私に向き直った。

「コハクちゃん、レイちゃんに用があったんじゃないの？」
「そうだけど……」
「大事なことなんでしょ？　俺はいいから、レイちゃんのとこ行ってきなよ」
「でも……」
「その代わり、またお見舞いに来てよ。俺さ、コハクちゃん来たらすごく癒《いや》されるからさ」
「……うん。また、来る。絶対」
「よかった」
リュウが、アイドルスマイルじゃない。
自然な感じで笑ってくれるから。
胸がきゅうと締め付けられて、痛くなってしまう。

だって、私。
あなたのこと、芸能人じゃなくても好きなんだもん。

けど、七瀬にはちゃんと伝えなきゃいけない。
何かあってからでは遅いんだ。

地下のレストランに急いで駆けつけたけど、七瀬の姿はもうそこにはなく。
代わりに、リヒトとシンがいた。

「ぶっちゃけさあ。リュウってレイちゃんのこと好きだよねえ」
「ああ。バレバレだしな」
「うけるんですけどー！　逆に、レイちゃんってリュウのことどうでもいいって感じだよな」
「まあな」

「ぎゃはははは！」
二人の会話を見過ごすことができなくて。
思わず、近くのテーブルに座ってしまった。
もちろん、見舞い客を装って。

ＦＥＥＬのシンとリヒトってバレてないと思ってるのもなかなかにマヌケだと思うけどね。
あんな、大声で喋《しゃべ》って……。
注文を取りに来てくれた店員さんに、クリームソーダを頼む。

「つーかさー。リヒト。リュウ、いらなくね？」
シンの言葉に、冷や汗が出る。
やっぱりだ。コイツ、リュウのこと邪魔者扱いにしてたの、本当だったんだ。

「いらなくはないと思うがな。三人でＦＥＥＬの活動をやっているワケだし」
「なんだよお。別に、あんなのがいなくても、俺達二人でもＦＥＥＬできんだろ？」
「だけど、社長の意向だ」
「そんなの知るかよ！　大体、このクソ大事な時に事故りやがってあのバカ。俺達にどれだけ迷惑かければ気が済むんだよ」
「シン。声が大きい。いいから落ち着け」
「落ち着いてられるワケねーじゃんか。ダンスもできない、歌も下手《へた》。アイツのせいで随分クオリティが下がったって、リヒトも言ってただろ？」

「それは……」
「俺、今回二人でＦＥＥＬやって確信した。力、セーブしなくてもいいし、思い切りやれるし。アイツいない方がいいよ。この事故、逆によかったよ。リュウを追い出すいい口実になるじゃん」
「シン！　言い過ぎだぞ。それに、この事故はリュウのせいじゃない」
「はあ⁉　アイツのせいだろ？　アイツがバイクに乗って無茶なスケジュール組んで実家に帰ろうとしたから、こんな事故が起こった。違うか？」
「シン……」
「とにかく。俺はもうリュウとはやりたくない。その為だったら社長と直談判する覚悟もある」
「おい、よせ！」
「嫌だ。俺は、リヒト。お前だけとＦＥＥＬをやりたいんだ」
「……そろそろ、戻るぞ。七瀬さんを購買へ迎えに行かないと」
怒りで、立てない。
体が震えて、どうしようもない。
一度も手をつけてないクリームソーダは、アイスも氷も溶けてしまって、緑色の白濁《はくだく》した液体に変わっていた。

なんで、……なんで、そんなひどいこと言うの？
リュウは、あんなに頑張ってるのに。
そりゃ、昔から芸能界にいるアンタ達から見たら力不足かもしれないけど。誰だって最初はそうでしょ？

アンタ達だって、最初から上手にできなかったでしょ？
ひどいよ……。

こんなの、リュウが知ったら……。
いや、もしかしたら。リュウは分かってるかもしれない。
ううん。絶対、二人がこう思ってるの知ってる。
テレビや雑誌を見て、違和感があったから。
それがたまたま、今こうやって露呈しただけで。
同じグループのリュウが、知らないはず、ないんだ。

悔《くや》しくて、涙が出そうになったけど。
リュウは、きっともっと辛《つら》いはずだから。
泣くのを我慢した。

七瀬は、シンとリヒトと行動してるらしい。
あんな映像をリュウに見せた七瀬に、危機を伝える気が失せた。
シンとリヒトに会ったら、きっと私、罵《ののし》ってしまう。
それじゃ、リュウに迷惑になる。

今日は、帰ろう。
こんな気持ちじゃ、ここにいても仕方ない。

ふらり、と立ち上がって。お会計を済まして病院を後にする。
いつものように、目立たない軒下を歩いていたら。
そこに、モズの姿を見つけた。

「モズ！」
黒いコートに、修星館の学ラン。
黒ずくめだから、本人は目立たないって思ってるかもしれないけれど。外見の美しさが黒色を引きたてる形になってるから、かなり目立っている。

「なんだ、お前か。……うん？　どうした。そんな顔をして」
また前みたいに軽口を叩かれると思っていたら、私が泣きそうになっているのに気がついたんだろう。
らしくなく、モズが心配そうに私を見てきた。

「私、あの……七瀬さんの、画像出回ってて。それから、シンとリヒトがひどいヤツで……腹が立って……」
さっきまで堪《こら》えてたのに、モズがそんな心配そうな顔をするから。とうとう泣いてしまった。

「うわ！　泣くな！　つか、きちんと順番に言え。聞いてやるから」
「ふ、うえぇん……」
仕方ないなと、モズがベンチまで私を引っ張ってってくれて、しかも、自販機でお茶まで買ってくれた。
あったかいお茶を飲んだら、ホッとしたのか涙が引っ込んでしまった。

「落ち着いたか？」
「……ん」

「で、なにがあった？」
「七瀬さんの画像、ネットに流出してたの」
「ああ。知っている。レイにも伝えておいた」
「ええ⁉」
「全く。遅すぎるんだよ。お前の情報は」
モズって、何者？　情報屋かなにか？

「じゃあ」
「ああ。大丈夫だ。その為に、僕はここに来たんだから」
「モズって、七瀬さんのことが好きなの？」
「お前には関係ない」
好きなんだな。
だって、モズ。耳まで顔が赤いもん。

「で、シンとリヒトがどうしたって？」
「リュウの悪口言ってたの……」
「ああ。そんなのいつものことだ。放っておけ」
「いつもの、こと……」
「リュウだって知ってるだろうよ。あからさまに嫌味を言ったり、アイツに直接言うしな。まあ、主にシンのヤツだが。レイの前では猫を被《かぶ》ってるようだがな」
「モズは、全部知ってたんだね」
「そうだ」
「そっか……」
「仕方ないだろう。できる人間の輪の中にぶち込まれれば誰だってそうなる。これは、リュウの試練だ。できなければやめるだけだ。簡単なことだ」
「簡単……」
「芸能界は、そんなに甘くないということだ」
モズの話を聞いていたら、不思議なんだけど。
なんだか安心してしまった。
さっきまで泣くほど怒っていた自分がバカみたいだ。

「私に……できることってあるかなあ」
「ない。と、言いたいところだが。リュウを励《はげ》ましたらいいんじゃないか？」
「励ます？」
「流石《さすが》に、事故ったことは僕も気の毒だと思っている。レイは、リュウのところに見舞いには来ているけど。あの様子じゃ、リュウを苦しめているだけだろう」
「モズ……」
「お前のことは知らないが。話していて分かる。お前といると、和む」
「そ、そうかな？」
「リュウも、本当はお前のような女を好きになればよかったのにな。アイツは、自分の好みの女も分からない鈍感なヤツだ」
「ねえ。モズ。リュウって七瀬さんのことが……」
「嫌いに見えるか？」
「…………」
薄々気がついていた。
リュウが七瀬を好きなことを。
そして、七瀬はリュウを幼馴染《おさななじみ》としか思っていないことも。

「私、帰るね。モズ、ありがとう。元気出た」
「お前も、ここに来るのはいいが、レイみたいにマヌケに写真撮《と》られるんじゃないぞ」
「大丈夫。そこは、気をつけてるから」
へへっと笑ったら。
今まで心配そうにしてくれてたのに。
ぷいっと、顔をそらされた。
でも、分かる。
ただ単に、照れてるんだよね。

ダメだなあ。私、もっとしっかりしなくちゃ。
せっかく、リュウの病室に来ているんだもの。
リュウを励ますのが私の役目なら、頑張ろうと思う。

リュウがたとえ七瀬を好きでも、関係ない。

私が一方的にリュウのことを好きなのは。
一年前から同じなのだから。

■プラチナ・ドロップ■

「コハクちゃん。俺、復帰決まったよ」
「え⁉　おめでとう、よかったね」
「うん。……ＦＥＥＬ、やめさせられると思ってたから、ホッとしたよ」
本当に安心したのか、リュウが弛緩《しかん》したようにベッドの中に体を沈めた。

ここの病室に通って、どのくらいになるだろう。

七瀬と、シンとリヒトがいたらこの病室には近寄らなかったし。
リュウのお母さんとは、今では打ち解けて世間話をする関係にもなった。もちろん、全てを話した上で、七瀬には秘密にして下さいと頼んである。
リュウの口添えもあってか、おばさんは快く了承してくれた。
時々くる、事務所の人や芸能関係者には、私はリュウの友達ということになっている。

リュウは、私のことを友達だと言ってくれるけど。
正直、私はそうは思えない。
だって、いまだに地下サイトをチェックしているし。
こんなすごい人と友達だなんて、実感がわかない。
病室へ入れてくれるだけで、幸せだと思っている。

復帰は、もちろん嬉しいけど。

これで、リュウとも会うのは終わりだなって。
淋《さび》しい気持ちになった。

そんな暗い気持ちを払拭《ふっしょく》するように、持参したお花を生けようと花瓶を見たら、綺麗な青色のアイリスが先に入っていた。

「わあ。綺麗な青色のアイリス」
「レイちゃんが持ってきたんだよ」
「そうなんだ」
「なんか、その花。レイちゃんって感じがしない？　青くて」
「え？　リュウの七瀬さんのイメージって青色なの？」
「そうだけど」
見誤っている。と、思った。
私の七瀬のイメージは、もっとこう、鮮烈な赤色だ。
例えば、薔薇《ばら》のような。

他人のイメージだから、勝手だと思うけれど。
青色は、ないなと思う。

「コハクちゃんは」
「え？」
「今日持って来てくれたピンク色のイメージかな。そのチューリップ、可愛いね」
「あ、ありがとう」
「でも、俺の知っているチューリップと違うような……」
「これね。原種のチューリップなんだって。改良してないヤツ。

小さくて可愛いでしょ」
「うん。小さくて可愛いコハクちゃんみたい」
リュウは分かってて言ってるのだろうか。
私じゃなければ、本気にしてしまうよ。
もしかしたら、リュウも私のこと。気になってるんじゃないかって。
でも、七瀬を好きなリュウにそれはない。
私のことは、本当にそう思ったから。
素直に口に出しただけだ。

花瓶が余ってないから。
ペットボトルの口を切って、そこにピンク色のチューリップをいける。うーん。安っぽいところまで、私にそっくりだ。

「コハクちゃん」
「なに？」
「俺が退院しても、友達でいてね」
「……リュウ」
「だ、だめ？」
「ううん。嬉しいよ……」
嬉しすぎて、泣いちゃいそうだ。
でも、苦しい。
だって、大好きだけど。私は、彼女にはなれないもの。

ほんっと。私って贅沢《ぜいたく》だ。
私のこと、見てくれるだけでいいって思ってたのに。

友達になりたいって、望んで。
それが叶ったら、今度は好きになって、欲しいだなんて。
身の程知らずすぎて、自分でも笑っちゃう。
バカだなって思う。

でも、リュウに会えたこと。後悔していない。
大好きって、気持ちしかないから。
リュウが七瀬を選んだとしても。
私、きっとリュウのこと。
ずっと好きだ。

□□□

帰宅して、夕飯を食べる。
テレビは、音楽番組からニュースへ変わってしまった。
お母さんもこの頃は、料理の用意をしてくれるだけで。
早々に部屋へ引っ込んでしまう。
やっぱり監視だったんだなって思う。

本当はね。
一緒にいてくれるのが、嬉しかったんだって。
お母さんがキッチンから去っていく後ろ姿を見るたび。

ここにいてよ！　って。叫びたくなる。

なんの味もしない。魚の煮付けと野菜の煮物を食べて。
自室へと戻る。
いつも通り、惰性《だせい》で裏掲示板を見たら。

「え……」
恐れていたことが、書いてあった。

【961 名前：unknown/：20××/05/21(火) 18:10:05.32 ID:××
調子乗ってたリュウの彼女ボコにしてやったよ
ざまあwww】

その下に『よくやった！』『すっとした！』『通報しました』とか、煽《あお》り文でいっぱいで。
爆発的に延びたスレは、書き込み過多で落ちてしまった。

これが本当なら、七瀬は……。
相変わらず、私は七瀬の携帯番号を知らないし。友達みんなも知らない。
私が意地を張ったから、七瀬との関係が希薄《きはく》になったせいだ。

自分の携帯にある番号は、七瀬じゃなく。
あんなに恋い焦がれていたリュウのもので。
卑怯《ひきょう》な真似をして、七瀬を利用したのに。
彼女の無事を確認できない。

私って、やっぱり最低だ……。

携帯を胸に抱き、ベッドに倒れ込む。
今夜は新月で、窓から見える星がやたら綺麗だった。
七瀬が無事であることを星に祈るけれど、現実は流れ星も見えなくて。
水墨画みたいな黒い雲が現れて。星を全て覆い隠してしまった。

□ □ □

急いで教室へ向かう。
七瀬、来てればいいけど。
学校へ来れないくらいの怪我を負ってたらどうしよう。
それか、ただのデマだったらいいのに。

「コハク、おっはよー」
「おはよう」
「なんだー。どしたー。元気ないじゃん」
「そ、そんなことないよお！」
「コハクは考えてること全部顔に出るからなあ」
サエに笑われてしまう。
私ってそんなに顔に出やすいんだ。

気をつけないと。

そうこうしているうちに、七瀬が教室へ入ってきた。
よかった。無事みたいだ。
なあんだ。デマだったんだ。

明るく、おはようと声をかけようとして。
七瀬の変化に気がつく。

普段、七瀬はお化粧なんかしてこない。
でも、顔に厚くファンデが塗られていた。
先生方なら誤魔化《ごまか》せるだろうけど、私も女の子だし。
メイクする子なら、一発で分かるだろう。
それに、七瀬はいつも白のソックスを愛用している。
なのに、今日は黒いニーハイを履いている。
こんな七瀬、見たことない。
答えは、簡単だ。
暴行された傷を、隠してるんだ。

毅然《きぜん》とした態度で。自分の席へ向かう七瀬。
足を怪我したのか。右足をひきずりながら歩いているのが分かった。
声をかけることが、できない。

私のせい？
モズに全てを投げたから？

真実を話していたら、七瀬は助かった？

「コハク。なにがあったか知らないけど、ぼーっとしないの。先生来たよ」
「う、うん」
サエに促されて、着席したけれど。
七瀬から、目が離せなかった。

どうしよう。私のせいだ……。

授業に身が入らないまま。
放課後、私はリュウの入院する病院へと向かった。

「コハクちゃん？」
入り口に突っ立っている私に気がついたリュウが、こちらへと手招く。
「来てくれたんだ。こっちにおいでよ」
「わ、私……もう、来れない」
「ええ？　なんで？」
「……七瀬さん。怪我しちゃった……私のせいだ。私、知ってたのに、止められなかった……」
「どういうこと？」

入り口に立っている私を、ベッドから起き上がったリュウが無理矢理椅子へと座らせる。
この頃は、リュウは院内をリハビリで歩き回っているくらい快方に向かっていた。
私の手を握る、リュウの力が強くて。でも優しくて。
振り解《ほど》けずに、大人しく椅子に座る。

「……ネットの掲示板に、七瀬さんをリンチするって書いてあったの」
「…………」
「だから、七瀬さんに伝えようとしたんだけど、私、言えなくて……」
「知ってる。モズから聞いた」
「え？」
「モズと俺、仲がいいんだよ。同じ中学だったし、今も同じ高校通ってるから」
まさかの繋《つな》がりに驚いてしまう。
あのモズと、リュウが。そんな友達だったなんて。

「だから、コハクちゃんは気にしなくていいよ。レイちゃんをそんな目に遭《あ》わせたのも……全部、俺の責任だから」
「リュウ……」
「そんな、泣きそうな顔しないでよ。ね？」
ぽんぽんと、大きな手の平が。
私の頭を撫《な》でてくれた。

「ほんっと、ダメだなあ。俺は。みんなに迷惑かけて」
「わ、私は迷惑だなんて思ってないよ！」
「なら、もう来ないなんて言わないでよ」
自嘲《じちょう》的だけど、笑っていたリュウの顔にはもう。
哀しみしか見当たらなかった。

「コハクちゃんにまで見放されたら、俺……どうしていいか分かんないよ」
「み、見放すわけないじゃない‼」
「もう来ないって言ったくせに」
「それは……嘘《うそ》だよ！」
「嘘をつくの、苦手なくせに？」
泣き笑いみたいな表情で、リュウの顔がくしゃくしゃになる。

「ごめんね。俺、コハクちゃんにワガママばかり言ってるなあ」
「いいの！　ワガママ言ってくれていいんだよ！　だって、私。リュウのファンだから‼」
「だから。俺は、コハクちゃんは友達だって言ってるのに。全然、聞かない……」
「だって……」

「コハクちゃん。……ほんと、優しい」

綺麗だなって。思った。
男の子の泣き顔を、綺麗だなんて思うなんて。

おかしいけど。

静かに、目を伏せて泣くリュウは、痛ましかったけど。
ずっとこのまま、見ていたいと思った。

「泣かないで。私でよければ、ずっといるから。傍に、いるから」
「……うん。ありがとう。ごめんね……」
どうしていいか、分からなくて。
どうやって、リュウを慰《なぐさ》めていいか。分からなくて。
手を伸ばしても、リュウは逃げないから。
思わず、項垂《うなだ》れるリュウを抱き締めてしまった。

ファンとか友達とか、関係ない。

目の前の好きな人が泣いている。
それだけが事実で。
どうにかして、癒《いや》してあげたかった。

■早川 百舌■

あんなことがあってからも、私はリュウの病室へ通った。
いや、あんなことがあってから、こそだ。
日に日に、落ち込んで行くリュウを。
なんとかしてあげたくて。
けど、なんともしてあげられなくて。
歯痒《はがゆ》い日々が続いたある日。

病院から帰ろうとしたら、モズの姿が見えた。
声をかけようかと思ったけれど。
なんだか様子がおかしい。

数名の男の人達と言い争いをしている。
え？　なに？
どうしたんだろう。

木々に隠れながら近づいたら、明らかにカタギの人じゃない男の人を相手に小競り合いをしている。

「モズ⁉」
ただならぬ状況に、つい声を上げてしまった。

「お前……」
モズが私の存在に気がつき、舌打ちをした。
と、同時に。

こちらへ走って来た。

「待ちやがれ！　クソガキ‼」
その後ろを、あの柄の悪い男の人達が追いかけてきた。

モズに思い切り腕を掴《つか》まれ、走らされる。
「え？　なに？　何事⁉」
「いいから黙って走れ‼」
そう言われても、私の足じゃ追いつかれてしまう。
全速力で走っているつもりだけど、男の子の走る速度についていくのには限界がある。

「ええい！」
再びの舌打ちと共に、私の体は。ひょいとモズに抱きかかえられてしまった。

「ええっ⁉　ちょ、重くない？　私……」
「いいから黙ってろ‼」
「は、はい！」
モズの剣幕《けんまく》に、それ以上なにも言えなくなる。

後ろから追いかけて来る男達と違って、モズには私という大きなハンデがある。
もう少しで追いつかれるところで。

「モズさん！　こちらです‼」

すんでのところで、黒塗りの車がタイミングよく止まって。
後部座席へ荷物みたいにモズに押し込まれる。
モズが助手席に乗って、ドアを閉めるか閉めないかのタイミングで、車が急発進した。

「すまない。紺野《こんの》」
「いいえ。モズさんが無事でなによりです」
この車、有名なエンブレムがついた外車だよね。
それに、この紺野さんて人。モズの運転手さんなんだろうか？
ということは、モズってすごいお金持ちのお坊ちゃんなのかもしれない。

「すまないが、先程伝えた場所へ向かってくれ」
「ですが、あそこは……」
「いいから、急いでくれ。時間がないんだ」
「……分かりました」
気乗りしない感じで、紺野さんが車線を変更した。
一体、どこに向かってるんだろう。

モズが胸ポケットから携帯を取り出し、誰かと通話し始める。

「そうか。確保してくれたか。すまない。ショウゴ」
切羽詰まった感じだし。電話中だから。
私は黙って、流れ行く車窓の景色を眺《なが》める。
直ぐに、会話は終了したみたいだけど。
また電話がかかってきた。

「七瀬か。すまない。僕は、用があって送ることができないから、代わりを頼んだ」
七瀬？
もしかして、モズは。あの七瀬と電話してるの？
「そこにいるだろう。背の高い男が。青山《あおやま》だ。信用できるヤツだから、安心して送ってもらえ。心配するな。大丈夫だ。僕に任せておけ。じゃあな。切るぞ。僕は忙しいんだ」

手短かに会話を済ませたモズは携帯を再び胸ポケットに仕舞った。

「あの……モズ……今のって」
「すまない。コハク。悪いが、手伝ってもらいたいことがある」
「え？」
「今から行くのは、とあるマンションだ。その下で僕を待ってて欲しい。もし、一時間経っても僕が出て来なかったら警察を呼んでくれ」
「なに言ってるの⁉　警察って……」
「いいから、黙って協力しろ。首を突っ込んだお前が悪い！」
「ええ……」
ふうと、モズが溜め息を吐いて。
羽柴くんに似た顔で、真っ直ぐに私を見つめた。

「頼む。七瀬の画像を消去したい。手伝ってくれ」

私も、それに関して責任を感じていたから。
素直に頷《うなず》くしかなかった。

「紺野も待機させておく。だが、女のお前の方が目立ちにくいからな。紺野では、逆に絡まれる恐れがある」
「モズ、それってどういうマンション……」
「察しろ」
なんとなく、分かるけど。
「マンションの下にはバス停があるから。お前はバス待ちの学生を演じてろ」
「う、うん」
一時間ほど経って、目的地に近づいた頃。
再び、モズの携帯に電話がかかってきた。

私も関わった手前、携帯の内容が聞こえるよう。できるだけモズの近くで聞き耳を立てる。

『こっちは終わったぜ。ネット上にあるファイルはお望み通り削除でいいんだな。お前の探してたやつ、似たような名前ばかりで発見に時間がかかってな。面倒くさいからプロバイダごと破壊するしかない。上手《うま》くいけば17時間後には完了するはずだ。あちらさん、外国に上げててな。通報はされないだろう。その前に違法ファイルが腐るほどあるからな。まず大丈夫だ。ネット上は問題ないと思うぜ』
「すまない。ショウゴ」
『で、そっちはどうすんだ？』

「ああ。物理的に壊しにいくところだ」
『そうか。なるほどな……って、はああ⁉　おっ前、何考えてんだモズ！　物理的って、事務所に乗り込む気かよ。正気か？　あっち！　コーヒー零《こぼ》しちまったじゃねえか‼』
「おおもとを破壊するしかないだろう。じゃなきゃ、このままずっといたちごっこだ。そんなのは僕の性分に合わない」
『そんな危ないこと、親御さんに任せてしまえばどうだ？』
「こんなくだらないことでか？　絶対に嫌だね」
『おい！　モズ！』
会話はまだ終わってないのに、車が目的地らしき場所に着いた途端。モズは通話ボタンを押して、強制的に会話を中断させた。

「行くぞ。紺野は、まずいと思ったらコイツを連れて逃げろ。僕のことは構わなくていい」
「ですが」
「いいな。これは命令だ」
「……はい」
納得いかない顔で、紺野さんが渋々承諾する。

茶色い、古びたマンションに乗り込んでいくモズを見送り。
私は、言われた通り。斜め前のバス停のベンチに座った。
紺野さんの車はバスの邪魔にならないよう、絶妙な位置に駐車してある。

モズ、なにしてるんだろう。
早く帰ってこないかなあ。

普段なら、空いた時間は携帯を弄《いじ》くったり、参考書を読んだりするんだけど。
そんな気にはなれず。
腕時計ばかり気にしていた。

五分、十分、三十分経っても、モズはマンションから出て来ない。
まんじりとしながらモズを待つけれど。
五十分経っても、モズが降りて来る気配はなかった。

『もし、一時間経っても僕が出て来なかったら警察を呼んで欲しい』

嘘《うそ》でしょ？
それって、モズは大丈夫なの？
なにが起こってるのか、分からないけれど。
ここが暴力団のビルだってことは、入って行く数名の男の人達の風貌《ふうぼう》で、なんとなく分かった。

あと少しで、一時間になる。
どうしよう。警察、呼ばないと。
でも、そんなことしたら、モズはどうなるんだろう。
悪い考えしか思い浮かばなくて、110番するのを躊躇《ためら》っていたら。

私と同じ年代の背の高い男の子が、目の前に立っていた。

「あんた、モズの知り合いか？」
「そ、そうですけど」
「モズは出て来たのか？」
「それが、まだなんです！」
「チッ！」
舌打ちと同時に、彼もモズと同じ。
マンションの階段を駆け上がった。
しばらくすると、肩にモズを抱えて降りてきた。

「モズ！」
「いいから、後にしろ！　車に乗れ！　早く‼」
「は、はい！」
男の子に促されるまま、急いで紺野さんの待つ車に乗り込んだ。

「ショウゴさん⁉」
「紺野さん、早く。車を出してくれ」
「はい！」
ものすごい速さで、車が発進する。

「あの！　モズ、大丈夫なんですか？」
「ああ。気を失ってるだけで、生きてる」
「それって、大丈夫なんですか？」
「ああ。殺されてないよりマシだ。紺野さん、コイツのかかりつけの病院に、急いで下さい」
「分かりました」

ショウゴと呼ばれた男の子は、慣れたように紺野さんに指示を出す。

「あの……一体、モズは何をしに」
「あー……要は、あの事務所にあるパソコン全部を破壊しにいったんだ」
「ええっ！」
「ハードさえ壊せば、こっちのもんだし。しっかし、事務所に突入したら驚いたぜ。ハードどころか、部屋中の物を片っ端からぶっ壊しやがって。そりゃあタコ殴りにもされるわな」
気を失っているモズの顔は、綺麗な顔が傷だらけで、頬が赤く腫《は》れ上がっていた。

「言っておくけどな。中にいたヤツら、モズよりひでえ怪我してたからな。コイツ、武道やってるから桁外れに強いんだよ」
小柄で華奢《きゃしゃ》なモズからは想像がつかない。
モズって、喧嘩強いんだ。

「あの、ショウゴさん？」
「あ？」
「モズのこと、助けてくれて、ありがとうございます」
「まあ。コイツとは腐れ縁だからな。放っとくわけにいかないだろ」
ニカッと笑ったショウゴは。
暗がりで分からなかったけれど。
系統は違うけど、モズに負けないくらい綺麗な顔をしていた。

なんか、最近。イケメンばかり見すぎているせいか、ワケが分からなくなる。
モズの病院より、私の家の方が近いということで。
先に帰らせてもらう。

「あんたもひどい目にあったな。お疲れさま」
「いえ……私にも、責任がありますから」
「へえ。見かけによらず、根性あるんだな。気に入った」
その、ニカッて笑うのやめて欲しい。
カッコよすぎてドキドキしてしまう。

「それじゃあな」
「はい。モズのこと、よろしくお願いします」
家の前で、紺野さんの運転する車を見送る。

今日は、色々あったなあ。
見上げた夜空は、空気が澄んでいるせいか。
満点の星空が見えた。

これで、終わったのかなあ。

七瀬の画像流出事件。

私も関わっていたから。
なんだか、肩の荷が下りた気がする。

七瀬の携帯番号は知らないけれど。
私は大好きで大好きで仕方ないあの人に、初めて電話をかけた。

この星空を見ながら。
もう心配ないよって。伝えたくて。

「もしもし、リュウ？」
『コハクちゃん。どうしたの？』
「あのね。七瀬さんの画像流出の件。もう大丈夫だよ。モズがなんとかしてくれたから」
『モズが……？』
「うん。ちゃんとお礼、言わなくちゃダメだよ」
『分かった』
「それとね」

さっきまで綺麗に見えていた星空が、雲がかかったように見えない。
おかしいなあと思ったら。
私が、泣いてて。視界がぼやけてるんだってことに気がついた。

「今まで、ありがとう。私、もうリュウのとこ、行かない」
『え⁉　なんで？』

「好きだから」
なによ。こういう時だけ、タイミングよすぎる。

涙を拭《ぬぐ》ったら、流れ星が見えた。

「リュウのこと。ファンじゃなくて、好きだから。友達じゃなくて、好きだから。だから、もう……傍にいられない」
『コハクちゃ……』
「大丈夫だよ。リュウなら、ＦＥＥＬでやっていけるよ。最初っからリュウのファンの私が言うんだから、間違いないよ。それと」
『…………』
リュウが無言になるのを気にしないで、話を続ける。

「七瀬と、幸せになってね。好きなひとと、幸せに……なって……」
ダメだ。泣き声を上げてしまいそうになって。
私はそこで通話を終了した。

星空を見ながら。
手の平で、止めることができない嗚咽《おえつ》を押さえる。

私さあ。すごいよね。
憧《あこが》れの芸能人に告白できちゃった。

これ以上なにを望むの？
充分じゃない。
私は、欲張りで。性格が悪いから。
きっとこれ以上は、ダメなんだ。

もっともっと傷つくことになるの、分かってるもん。

「うっ……ううっ……」

道ばたに踞《うずくま》りながら。
涙が涸れるまで。
星空を見上げながら、ずっとリュウへ想いをはせていた。

■通学模様■

二年生に進級した私は。
相変わらず、ＦＥＥＬが大好きで。
……リュウが大好きで。
大きなライブがある度に、足を運んでいた。
ファンクラブには在籍していたけれど。
握手会やファンミーティングとか。
距離が近くなるイベントには、参加しなかった。

ただ、ライブだけは別だ。
参加人数が多いから。
私って認識はされないだろう。

って言うか、もう忘れてるかもしれない。
たった一ヶ月くらいの時間だったけれど。
私にとって、リュウと過ごした時間は。夢のようで。
もしかしたら、夢だったのかもしれないって。
テレビに映るリュウを見る度、思うんだ。

リュウは、天然キャラを脱却して。
今は、クールなキャラを確立して。
ＦＥＥＬのなくてはならない存在になっている。

裏掲示板は、あの事件の後消えてしまって。
探せばどこかにあるんだろうけど、あえて見つけようとは思わなくなった。

ダンスも歌も。
デビュー当時とは比較にならないくらい上手《うま》くなったリュウは。
むしろ、シンとリヒトを凌駕《りょうが》するほどだ。
主演ドラマも決まったようで、芸能界での活躍も目覚ましい。

今日は、楽しみにしていたライブの日。

ＦＥＥＬのライブだけは、私は友達を誘わない。
リュウを黙って、見つめていたいから。

□　□　□

ライブも終わり、帰ろうと席を立とうとした瞬間。
「おい」
と、聞き慣れた声に呼ばれて振り返る。

「モズ⁉」
「久しぶりだな、コハク」
「うわー！　偶然だね。モズもライブ、見に来てたんだ」
「いや。見てない」

「じゃあ、なんでここにいるのよ！」
素直じゃないのは、相変わらずだ。
でも、久しぶりに見るモズは、以前見たモズよりもカッコよくなっていて。ちょっとだけときめいてしまった。

「すまないが、来てくれないか？」
「え。いいけど？　お茶するとか？」
「まあ。そんな感じだ。お前も、話したいことたくさんあるだろう？」
「ある！　話したいこと、たくさん」
「じゃあ黙ってついて来い」
言われるままに、モズの後を追うけれど。
でも、この道って。

「ね、ねえ。モズ」
「なんだ？」
「ここって、関係者以外。立ち入り禁止なんじゃ」
「関係者だから、構わん」
「いや、構うし。私、関係者じゃないよ」
「いいから、黙れ。直ぐに着く」
逃がさないと言いたげに、モズがガッチリと私の腕を掴《つか》む。

「じゃあな」
放り込まれたのは。
『ＦＥＥＬ（桜井竜様）』と書かれた楽屋で……。

「ちょっと、モズ！」
「いつぞやの礼だ。ありがたく受け取れ」
そう言って、モズがドアを閉める。
私も楽屋から出ようと、扉に手を伸ばした瞬間。

「コハクちゃん」
名前を、呼ばれて。
聞き間違えるはずがない。
だって、今も。変わらず。あの時よりも、大好きが大きくなっているから。
だから、振り向けない。
逃げようと、ドアノブを掴んだら。
後ろから抱き竦《すく》められた。

「ごめん。逃げないで、聞いてくれるかな」
「いや。ごめんなさい」
「お願いだから、聞いて」
見覚えがある腕が、私の体を優しく拘束する。
だから、もう。
逃げられない。

「さっき、レイちゃんに会ってた」
「聞きたくないよ」
「お願いだから、聞いて」
その声が、あまりにも真剣だから、思わず黙り込んでしまう。

「俺ね。レイちゃんに告白したことが、あるんだ」
心臓が痛い。どうして、そんなひどいことを私に聞かせるの？
残酷だよ。

「でもそれは、昔のことで。けど、今日。決心して、レイちゃんに……伝えようとしたんだけど。俺が言う前に、レイちゃんから決別されちゃった」
「やめて……お願い」

「俺に、好きな子ができたって」

「え？」
「そう言おうと思ったのに、レイちゃん。言わせてくれなかった。今頃は、レイちゃん。本当に好きな人と会ってるんじゃないかな」
本当に、好きな人？
なんとなく。直感的に。
モズのことだと思った。

「はは。俺、相変わらずカッコ悪いでしょ」
「そ、そんなことないよ！　ライブ、ずっと見てたけど、リュウはカッコイ……」
思わず振り返って反論したら。
そこには、ずっと恋い焦がれてたリュウがいた。

「好きだ」

なに、言ってるの？
誰に言ってるの……？
だって、リュウが好きなのは……。

「あの時、最後に電話してくれた時。確信したんだ。俺は、君のことが好きだって」
「嘘《うそ》……」
「あはは。相変わらず、『嘘』って言うんだね。嘘じゃないよ。本当だよ。だから、コハクちゃんの言う通り、俺、頑張ったじゃない」
確かに、リュウは見違えるくらい。この一年間、頑張ってきたと思う。

「今度、ドラマの主役するんだ」
「知ってる……」
「うん。だから、もう。いいかなって。告白しても」
相変わらずの、アイドル用じゃない優しい笑顔で。
リュウが私に笑いかける。

「俺は、君の言う理想の俺になれたかな？」

なれたよって、言う前に。
涙が零《こぼ》れ落ちそうになって。
思わず、リュウの胸に飛び込んでしまった。

それが合図とばかりに、リュウが思い切り私を抱き締めてくれた。

「好きだよ。俺と、付き合ってください」

end

■あとがき■

初めまして、こんにちは。そうでない方もこんにちは。
みゆです。お元気でしたか？

私は朝から、ここに何を書こうかなあってずっと考えてました。
書きたいことがありすぎて。さあどうしようかなって窓を眺《なが》めてたんですが。
曇り空だったのが青空に変化しました。
一番好きな色です。空の青色。
あとがきも、私にとって一番好きで大事な場所です。
だから、書く度ホッとするし。
少し緊張しています。

今年は通学シリーズで色んなことがありました。って、まだ下半期突入したばかりですが。
夏の通学シリーズのイベントでしょ。
Vomicでボイスドラマ二回目に。
『通学時間』漫画版発売（私も短編書いてます！）
ピンキー文庫のサイトで人気投票。
盛りだくさんですね。
特に、人気投票はビックリしました。
てっきりハルが一位だと思っていたのですが、ショウゴさんが一位でした！
作者なのに人気を把握していなかったという。ショウゴ強い。
ちなみに一位ショウゴ　二位コウ　三位ハルでした。

意外だったのは四位がモズさんだったこと。
まだ登場して間もないのにすごい！　モズさん。
彼は通学の中でも異色な男子なんじゃないかなあ。
コウくんもぽわぽわしてるし。
ハルさん落ち着きないし。
ショウゴさんが一番の常識人な気がします。

こうやってね。
楽しい企画ができるのも。
読んでくれたみなさんがいるからなんです。
ほんとね、感謝しかないです。
好きになってくれて、ありがとう。
だから、手なんか絶対抜けないし。
全力でやらないと気が済まないんです。

でね。
「私、小説書けるなら死んでもいい」
って口癖《くちぐせ》だったのね。
けど、最近この言葉を口にすると怒られるようになって。
「死んでもいいなんて簡単に口にしないで下さい！」
その通りだよね。
「死ぬ」なんて簡単に口にしちゃいけない言葉だって分かってたはずなのに。
それくらい、思い詰めてたし。全力でやらなきゃって思ってたんだよ。でも、そうじゃなくて。
一生懸命なのはもちろんなんだけど、もっと余裕持って取り組まなきゃなあって、反省しました。

前はね。自分一人で抱え込んでたんだけど。
みんながお手紙や、Twitterで反応くれるから。
最近は笑顔が多いです。
重い荷物持ってたのを、ひょいって半分こしてくれた感じ？
自分で持てるって思ってたんだけど、やっぱり楽で。
みんながいてくれること、ほんと嬉しいし有り難いし。私は幸せ者だなあって噛《か》み締めてます。

真剣なのも大事だけど。
笑顔が一つもないのは、よくないよね。
なんか、頼ってしまってごめんね。
でも、ありがとうございます。
嬉しいし、あったかいです。

けど、どこへ行っても何をしても。
カラオケ行っても旅行中でも。
多分、寝てても。
ずっと小説のこと考えてしまうから。
小説書くの大好きなんだと思います。

そんな私の小説を、読んでくれるみなさんがいて。
これってすごく幸せですよね。
頑張る。

そうそう。
「JKアリス」もそうなんだけど。
雑誌コバルト九月号でホラーミステリーを描かせて頂いてます。
これは「赤い観覧車」っていう短編で。
あんまり怖くしないように努力しました。笑。
初のホラーミステリーだったから、楽しかったけど。ものすごい悩んだなあ。

こうやってね。
作家としてお仕事もらえるのも。
みんなのお陰なんだよね
『通学電車』の頃の私に教えてあげたい。
でも教えたら頑張らなくなってしまうかも…。
やっぱり秘密で。

本当にありがとうございます。
今回も楽しんでもらえたらいいなあ。

あー。ダメ。
やっぱり、大好きって言いたい。
我慢してたんだけどできなかったです。

大好きです。ありがとう。

2014　盛暑　　みゆ

★この作品はフィクションです。実在の人物・団体・事件などにはいっさい関係ありません。

ピンキー文庫公式サイト

pinkybunko.shueisha.co.jp

著者・みゆのページはここから

E★エブリスタ

【参考書籍】

『怖いほど本音がわかる心理テスト』(イースト・プレス)
中嶋真澄(著)

★ ファンレターのあて先 ★

〒101-8050　東京都千代田区一ツ橋2-5-10
集英社 ピンキー文庫編集部 気付
みゆ先生

ピンキー文庫

通学模様
～君と僕の部屋～

2014年8月27日　第1刷発行

著　者　みゆ

発行者　鈴木晴彦

発行所　株式会社集英社
〒101-8050　東京都千代田区一ツ橋2-5-10
【編集部】03-3230-6255
電話【読者係】03-3230-6080
【販売部】03-3230-6393（書店専用）

印刷所　凸版印刷株式会社

★定価はカバーに表示してあります

ISBN 978-4-08-660125-2 C0193